COLLECTION FOLIO

Luigi Pirandello

Première nuit

et autres nouvelles

Traduit de l'italien
par Georges Piroué
avec la collaboration d'Henriette Valot

Gallimard

Ces nouvelles sont extraites des Nouvelles complètes : Nouvelles pour une année *(Collection Quarto, 2000).*

Né en 1867 dans un petit village de Sicile, Luigi Pirandello est un enfant chétif, qui lit beaucoup et se montre curieux des histoires locales, propres à enflammer son imagination. Sa première nouvelle « Cahute » paraît en 1884. Après des études de lettres à Palerme, il épouse la fille de l'associé de son père, Maria Antonietta Portulano et part s'installer à Rome. Ses poèmes, nouvelles et œuvres dramatiques paraissent régulièrement dans différentes revues. Dès 1902, il commence à rassembler ses nouvelles en recueil. Son texte *Feu Mathias Pascal* paraît en feuilleton, puis en volume et lui apporte un réel début de notoriété. La santé mentale de sa femme qui se dégrade depuis plusieurs années s'aggrave pendant la Première Guerre mondiale et Pirandello doit la faire interner en 1920 dans une clinique psychiatrique. Alors que sa vie personnelle est bouleversée, ses pièces de théâtre lui apportent le succès : *La Volupté de l'honneur* est créé à Turin en 1917 et *Six personnages en quête d'auteur* remporte un triomphe à Rome en 1921. La pièce est ensuite jouée à Londres, New York, Paris, Amsterdam, Prague, Barcelone… et Pirandello voyage à l'étranger. À son retour, il s'inscrit au parti de Mussolini, ce qui déclenche une vague de protestation de la presse et des milieux intellectuels italiens. En 1924, il fait la connaissance d'une jeune et talentueuse actrice, Marta Abba, qui devient sa principale interprète et son inspiratrice. Après quinze ans de travail, il publie enfin en 1925 son roman

Un, personne et cent mille, livre dans lequel un vieil homme dresse le bilan de sa vie et rédige un testament. Invité à donner des conférences dans le monde entier, Pirandello, accompagné de Marta Abba, séjourne à Berlin, Paris, Buenos Aires, etc. En 1935, il reçoit le prix Nobel de littérature, mais est victime de plus en plus fréquemment d'incidents cardiaques. Il meurt à Rome le 10 décembre 1936 d'une pneumonie en laissant des dernières volontés embarrassantes et provocantes à l'égard de l'Église comme du Parti fasciste. Ses cendres seront transportées à Agrigente en 1946 et enterrées au pied d'un grand pin près de sa maison natale.

Découvrez, lisez ou relisez les livres de Luigi Pirandello

SIX PERSONNAGES EN QUÊTE D'AUTEUR, *suivi de* VÊTIR CEUX QUI SONT NUS (Folio n° 1063)

SIX PERSONNAGES EN QUÊTE D'AUTEUR (Folio Bilingue n° 69)

HENRI IV (Folio Théâtre n° 49)

NOUVELLES POUR UNE ANNÉE (Folio Bilingue n°s 8 et 21)

ÉCRITS SUR LE THÉÂTRE ET LA LITTÉRATURE (Folio Essais n° 122)

PREMIÈRE NUIT

Quatre chemises.

Quatre draps.

Quatre jupons.

Quatre de tout, en somme. Et elle ne se lassait pas de montrer à ses voisines le trousseau de sa fille, monté un bout de fil aujourd'hui, un bout de fil demain, avec une patience d'araignée.

— Des affaires de pauvres gens, mais propres.

De ses mains blanchies et râpeuses qui connaissaient toutes les corvées, elle prenait dans la vieille maie en sapin, si longue et si étroite qu'on aurait dit une bière, tout doux, comme si elle touchait à une hostie consacrée, la belle lingerie, pièce par pièce, et les robes et les châles en laine double ; celui des noces, aux coins brodés et à frange de soie jusqu'à terre ; les trois autres, en laine aussi, mais plus modestes ; et elle étalait tout sur le lit, en répétant, humble et souriante : « Des affaires de pauvres gens... », et la joie tremblait dans ses mains et dans sa voix.

— Je me suis trouvée seule et seulette, disait-elle. Tout de ces mains-là, si bien que je n'en peux plus. Sous la pluie, au soleil, laver à la rivière ou au lavoir, écaler les amandes, cueillir les olives, par-ci par-là dans les champs ; faire la servante ou la porteuse d'eau... Peu importe ! Le bon Dieu qui a compté mes larmes et qui connaît ma vie m'a donné la force et la santé. J'en ai tant fait que je suis arrivée au bout ; je peux mourir à présent. À ce brave homme qui m'attend de l'autre côté, s'il me questionne sur notre fille, je pourrai lui dire : « Reste tranquille, mon pauvre homme ; ne te fais pas de mauvais sang. Je l'ai laissée en bon état, ta fille, elle ne souffrira pas de la misère. J'en ai tant enduré pour elle... » C'est de joie que je pleure, ne vous en faites pas...

Et Mamm'Anto essuyait ses larmes d'une coque du foulard noir qui lui couvrait la tête, noué sous le menton.

On ne l'aurait presque pas reconnue, ce jour-là, tout habillée de neuf, et cela vous faisait une drôle d'impression de l'entendre parler comme toujours.

Les voisines la complimentaient et la plaignaient à qui mieux mieux. Mais sa fille Marastella dans ses atours de mariée, une robe en satin gris (quel chic !), un foulard en soie bleue autour du cou, dans un coin de la pauvre petite pièce décorée tant bien que mal pour l'événement de la journée, en voyant pleurer sa mère, éclata en sanglots à son tour.

— Marasté, Marasté, que fais-tu ?

Les voisines s'empressèrent autour d'elle, chacune voulant placer son mot.

— Ris un peu ! Que fais-tu là ? On ne pleure pas, aujourd'hui... Tu sais ce qu'on dit : cent lires de mélancolie ne remboursent pas un sou de dette.

— Je pense à mon père, fit alors Marastella, le visage dans les mains.

Mort de male mort, il y avait sept ans ! Douanier du port : il partait en tournée, la nuit dans les canots. Une nuit de tempête, en côtoyant près des Deux-Rivières, le cotre avait chaviré puis avait disparu avec les trois hommes qui le gouvernaient.

Le souvenir de ce naufrage était encore vif chez tous les gens de mer. Et l'on se souvenait que Marastella, accourue avec sa mère et hurlant avec elle, les bras en l'air, dans le vent et l'écume des lames, au bout de la falaise du nouveau port où les corps des trois noyés avaient été placés après trois jours de recherches désespérées, Marastella, au lieu de se jeter à genoux auprès du cadavre de son père, était restée comme pétrifiée devant un autre, en murmurant les mains croisées sur la poitrine :

— Ah ! mon amour, mon amour ! Ce que tu es devenu...

Mamm'Anto, les parents du jeune noyé, les

gens qui étaient accourus étaient restés interdits, à cette révélation soudaine. Et la mère du noyé — qui s'appelait Tino Sparti (un gars en or, le pauvre !) — en entendant les cris de Marastella, lui avait jeté les bras autour du cou et l'avait pressée sur son cœur, fort, fort, devant tout le monde, comme pour la faire sienne, à elle et à lui, à ce fils mort, en l'appelant à hauts cris :

— Ma fille ! Ma fille !

C'est pourquoi, maintenant, les voisines, en entendant Marastella dire : « Je pense à mon père » échangèrent un regard d'intelligence, la plaignant en silence. Non, elle ne pleurait pas son père, pauvre fille. Ou plutôt pleurait-elle, oui, en songeant que son père, vivant, n'aurait pas accepté ce parti pour elle, qui semblait une aubaine à sa mère, dans les conditions misérables où elle était restée.

Comme elle avait dû batailler, Mamm'Anto, pour venir à bout de l'obstination de sa fille !

— Regarde-moi, je suis vieille à présent ; plus près de la mort que de la vie. Qu'attends-tu ? Que feras-tu toute seule demain, sans aide, à la rue ?

Bien sûr, sa mère avait raison. Mais, de son côté, Marastella prenait tant d'autres choses en considération ! C'était un brave homme, oui, ce don Lisi Chírico qu'on voulait lui faire épouser, elle n'en disconvenait pas — mais presque vieux — et veuf par-dessus le marché. Il se remariait, le pauvre, plutôt par force que par amour, au bout d'un an de veuvage, parce qu'il avait besoin d'une femme, là-haut, pour tenir son ménage et faire sa cuisine, le soir. Voilà pourquoi il se remariait.

— Et que t'importe ? lui avait répondu sa mère. C'est pour ça, au contraire, qu'il faut avoir confiance ; il raisonne en homme sensé. Vieux ? Il n'a pas encore quarante ans. Il ne te fera manquer de rien : il a un salaire fixe, un bon emploi. Cinq lires par jour, une fortune !

— Ah ! oui, quel emploi ! quel emploi !

Là était le hic ; Mamm'Anto l'avait compris dès le commencement : la qualité de l'emploi de Chírico.

Et par une belle journée de mai, elle avait invité quelques-unes de ses voisines — elle, la pauvre femme — à une partie de campagne, là-haut, sur le plateau qui dominait le pays.

Don Lisi Chírico, de la grille du petit cimetière blanc qui se dresse en haut, au-dessus du pays, avec la mer en face et la campagne derrière, avait aperçu le groupe de femmes et les avait invitées à entrer.

— Regarde ! On dirait un jardin, avec toutes ces fleurs..., avait dit Mamm'Anto à Marastella, après la visite au cimetière. Des fleurs qui ne fanent jamais. Et, tout autour, la campagne : si tu penches la tête à travers la grille, tu aperçois le pays à tes pieds ; tu entends le bruit, les voix. Et tu as vu la jolie petite pièce blanche, propre, aérée ? Le soir, tu fermes ta porte et ta fenêtre, tu allumes ta lampe, et tu es chez toi : une maison absolument comme une autre. À quoi penses-tu donc ?

Et les voisines, de leur côté :

— Bien sûr ! Et puis, tout est question d'habitude ; tu verras, au bout de deux jours, cela ne t'impressionnera plus. Du reste, les morts, ma fille, ne font pas de mal ; c'est des vivants qu'il faut se garder. Et toi, qui es plus jeune que nous, tu nous auras toutes là, l'une après l'autre. C'est la grande maison, celle-là, et tu en seras la maîtresse et la bonne gardienne.

Cette visite là-haut, par cette belle journée de mai, était restée dans l'âme de Marastella comme une vision consolatrice, pendant les onze mois de fiançailles : c'est à elle qu'elle s'adressait en pensée aux heures de découragement, surtout lorsque le soir tombait, quand elle sentait son âme s'assombrir et trembler de peur.

Elle essuyait encore ses larmes quand don Lisi Chírico se présenta sur le seuil avec deux gros cornets de papier dans les bras, presque méconnaissable.

— Sainte Vierge, s'écria Mamm'Anto. Qu'avez-vous fait là, bon chrétien ?

— Moi ? Ah oui... la barbe... répondit don Lisi avec un sourire penaud qui tremblait, comme égaré, sur de larges lèvres nues et livides.

Non seulement don Lisi s'était rasé mais il s'était même entamé la couenne, tellement la barbe hirsute et dure était enracinée dans ses joues creuses ; ce qui lui donnait l'air, à cette heure, d'un vieux bouc écorché.

— C'est moi, c'est moi qui la lui ai fait raser, s'empressa de s'interposer la sœur du marié, donna Nela, grasse et pétulante, qui arrivait en sueur et dans tous ses états.

Elle portait sous son châle quelques bouteilles, et quand elle entra, on eut l'impression qu'elle remplissait la pauvre petite pièce d'un bout à l'autre, avec sa robe en soie vert petit pois, qui froufroutait comme une fontaine.

Son mari la suivait, aussi maigre que don Lisi, taciturne et morose.

— Ai-je mal fait ? poursuivait donna Nela, en se débarrassant de son châle. La jeune mariée va nous le dire. Où est-elle ? Regarde, Lisi. Je te le disais bien. Elle pleure... Tu as raison, ma fille. Nous sommes trop en retard. C'est de sa faute, à Lisi. « Je me la coupe ou je ne me la coupe pas ? » Deux heures avant de se décider. Dis-moi un peu : ne te semble-t-il pas plus jeune comme ça ? Avec ces vilains poils blancs, le jour des noces...

— Je me la ferai repousser, dit Chírico en interrompant sa sœur et en regardant tristement sa jeune épouse. Je parais tout aussi vieux, et plus vilain par-dessus le marché.

— Un homme est un homme, bourrique, il n'est ni beau ni vilain, décréta alors sa sœur en colère. Mais regarde, un complet neuf : tu l'étrennes aujourd'hui, quel dommage !

Et à grand renfort de taloches, elle époussetait les manches du veston de la farine des gâteaux qu'il tenait encore dans les deux cornets.

Il se faisait tard : il fallait d'abord aller à la mairie pour ne pas faire attendre l'adjoint, puis à l'église ; et le banquet devait être fini avant la nuit. Don Lisi, très strict question travail, sur les épines à cause de cette sœur intrigante et tonitruante, surtout après les repas et les abondantes libations, se recommandait à tous les saints.

— Il faut de la musique. A-t-on jamais entendu parler de noces sans musique ? Il faut danser. Envoyez donc chercher Sidoro le borgne... Des guitares et des mandolines.

Elle criait tellement que son frère fut obligé de l'appeler à l'écart.

— Assez, Nela, assez ! Tu devrais comprendre que je n'ai pas envie de ce vacarme.

La sœur roulait des yeux gros comme ça.

— Comment ? Au contraire ! Pourquoi ?

Don Lisi fronça les sourcils et soupira profondément :

— Parce qu'il y a un an à peine que cette pauvre malheureuse...

— Tu y penses donc encore ? l'interrompit donna Nela, dans un ricanement. Pourtant, tu te remaries, hein ? Oh ! pauvre Nunziata !

— Je me remarie, fit don Lisi en baissant les paupières et en pâlissant, mais je ne veux avoir ni musique ni danses. J'ai tout autre chose dans le cœur.

Et quand il eut l'impression que le jour déclinait, il pria sa belle-mère de prendre des dispositions pour partir.

— Vous le savez, il faut que je sonne l'angélus, là-haut.

Avant de quitter la maison, Marastella, agrippée au cou de sa mère, éclata de nouveau en larmes, et l'on aurait dit qu'elle n'en finirait jamais plus. Le cœur lui manquait, elle n'avait pas la force de s'en aller là-haut, seule avec lui.

— Nous t'accompagnerons tous, ne pleure pas, lui disait sa mère pour la réconforter. Ne pleure pas, petite sotte.

Mais elle pleurait aussi, comme pleuraient bon nombre de voisines.

— Quel départ amer !

Seule, donna Nela, la sœur de Chírico, plus rubiconde que jamais, restait froide ; elle avait assisté à une douzaine de mariages, disait-elle, et somme toute, les larmes, comme les dragées, n'avaient jamais manqué.

— La fille pleure de quitter sa mère, la mère pleure de quitter sa fille, on connaît ça. Un autre petit verre contre l'émotion et allons-nous-en, Lisi est pressé.

Ils se mirent en route. On aurait dit un enterrement plutôt qu'un cortège de noces. Et, en la voyant passer, les gens qui se mettaient sur leurs portes et à leurs fenêtres, ou s'arrêtaient, soupiraient : « Pauvre jeune mariée ! »

Là-haut, sur le petit terre-plein devant la grille, les invités s'attardèrent un peu avant de prendre congé, pour exhorter Marastella à reprendre courage. Le soleil se couchait, le ciel était tout rouge, en flammes, et la mer, en bas, en paraissait embrasée. Du pays en contrebas, montait un brouhaha de voix incessant, indistinct, comme d'un tumulte lointain, et ces vagues de voix de bagarre s'évanouissaient contre le mur blanc, en pierres brutes, qui ceinturait le cimetière, perdu là-haut dans le silence.

Le tintement aérien, argentin, de la cloche que don Lisi sonnait pour annoncer l'Angélus fut une sorte de signal du départ pour les invités. Et à cette petite cloche, ce mur de cimetière parut à tout le monde plus blanc encore. Peut-être parce que l'air s'était obscurci. Il fallait s'en aller, si l'on ne voulait pas se mettre en retard. Et tous de prendre congé, en répétant leurs vœux à la jeune mariée.

Il ne resta plus avec Marastella, interdite et glacée, que sa mère et deux de ses amies les plus intimes. Tout en haut, les nuages, embrasés d'abord, avaient viré au sombre, comme à un gris de fumée.

— Voulez-vous entrer ? fit don Lisi sur le seuil de la grille.

Mais immédiatement, Mamm'Anto, de la main, lui fit signe de se taire et d'attendre.

Marastella pleurait, la suppliant dans ses larmes de la ramener avec elle au pays. Par pitié ! Par pitié !

Elle ne criait pas ; elle le lui disait tout bas mais avec un tel tremblement dans la voix que le cœur de cette pauvre mère se déchirait. Le tremblement de sa fille — elle le comprenait — venait de ce que, à travers la grille, elle avait entrevu l'intérieur du cimetière, toutes ses croix sur lesquelles tombait l'ombre du soir.

Don Lisi passa dans la petite chambre, à gauche de l'entrée, pour allumer la lampe ; il tourna ses regards pour voir si tout était en ordre et, incertain, il se demanda un instant s'il fallait rentrer dans la pièce ou attendre que la jeune femme se laisse décider par sa mère à entrer dans la maison.

Il comprenait et compatissait. Il avait conscience que sa personne triste, vieille, laide ne pouvait inspirer à sa femme ni affection ni familiarité ; et lui aussi se sentait le cœur gros.

Jusqu'à la veille au soir, il avait pleuré à genoux comme un enfant devant une petite croix de ce cimetière, pour prendre congé de sa première femme. Il était de son devoir de ne plus y penser à présent, il allait être entièrement à une autre, père et mari à la fois ; mais les attentions qu'il aurait pour cette jeune épouse ne lui feraient pas négliger les soins qu'il prenait si affectueusement, depuis tant d'années, de tous ceux, amis ou inconnus, qui dormaient là-haut sous sa garde.

Il l'avait promis à toutes ces croix pendant sa tournée nocturne, la veille au soir.

À la fin, Marastella se laissa décider à entrer. Sa mère ferma immédiatement la porte comme pour isoler sa fille dans l'intimité de la petite pièce, laissant dehors la peur de l'endroit. Et, à vrai dire, la vue des objets familiers parut réconforter Marastella.

— Allons, ôte ton châle, dit Mamm'Anto. Attends, je vais te l'ôter. Tu es chez toi, à présent.

— La patronne, ajouta don Lisi timidement, avec un sourire triste et affectueux.

— Tu entends? reprit Mamm'Anto, pour inciter son gendre à parler encore.

— Ma patronne et patronne de tout..., continua don Lisi. Il faut qu'elle le sache. Elle aura ici quelqu'un qui la respectera et l'aimera comme sa propre mère l'aime. Pas besoin d'avoir peur de rien.

— De rien, de rien, bien entendu! renchérit la mère. Ce n'est plus une gamine, tout de même! Peur de quoi? Elle va avoir tant à faire, à présent. N'est-ce pas? N'est-ce pas?

Marastella baissa la tête à plusieurs reprises, pour acquiescer; mais à peine Mamm'Anto et les deux voisines firent mine de s'en aller qu'elle éclata de nouveau en sanglots, se jeta au cou de sa mère, en se cramponnant à elle. Celle-ci, par une douce violence, se dégagea, lui recommanda d'avoir confiance en son mari, dans le bon Dieu, puis s'en alla avec les voisines, en pleurant elle aussi.

Marastella restait près de la porte que sa mère, en sortant, avait ramenée sur elle, et le visage dans les mains, elle s'efforçait d'étouffer les sanglots qui lui échappaient quand une bouffée d'air entrouvrit un peu la porte, silencieusement.

Le visage toujours dans les mains, elle ne s'en aperçut pas ; il lui sembla tout à coup — qui sait pourquoi — que s'ouvrait en elle comme un vide délicieux, de rêve ; elle entendit au loin le trémolo d'un grésillement de grillons, une senteur fraîche, enivrante de fleurs. Elle découvrit ses yeux, entrevit dans le cimetière une clarté, plus que l'aurore, qui semblait ensorceler toute chose, dans une immobilité précise.

Don Lisi accourut fermer la porte. Mais, tout de suite, Marastella, frissonnant et se tassant dans le coin entre la porte et le mur, lui cria :

— Par pitié, ne me touchez pas !

Don Lisi, blessé par ce mouvement instinctif de dégoût, resta coi.

— Je n'avais pas l'intention de te toucher, dit-il. Je voulais simplement fermer la porte.

— Non, non, reprit aussitôt Marastella, pour le tenir à distance, laissez donc ouvert ! Je n'ai pas peur !

— Alors ? balbutia don Lisi à qui les bras tombaient.

Dans le silence, par la porte entrouverte, monta le chant lointain d'un paysan qui retournait, le cœur léger, à la campagne, là-haut, sous la lune, dans la fraîcheur imprégnée de l'odeur du foin encore vert, fauché de frais.

— Si tu me laissais passer, reprit Lisi humilié, dans une amertume profonde, j'irais refermer la grille qui est restée ouverte.

Marastella ne bougea pas du coin où elle s'était recroquevillée. Don Lisi s'en alla lentement refermer la grille ; il allait rentrer quand il la vit venir au-devant de lui, comme si elle était devenue folle, brusquement.

— Où est... où est mon père ? Dites-le-moi. Je veux aller auprès de mon père.

— Tout de suite, pourquoi pas ? C'est juste. Je vais t'y conduire, lui répondit-il d'une voix sombre. Tous les soirs, je fais ma tournée avant d'aller me coucher. C'est une obligation. Ce soir, je ne la faisais pas, à cause de toi. Allons. Pas besoin de lanterne. Il y a la lanterne du ciel.

Et ils allèrent le long des petites allées à gravier, entre les haies de lavande fleurie.

Tout autour, à la lumière de la lune, les tombes des messieurs ressortaient, toutes blanches, puis, en noir par terre, portant une ombre d'un côté comme pour s'allonger, les croix de fer des pauvres.

Plus distinct, plus clair, le trémolo des grillons

montait des champs voisins puis, au loin, le grommellement continu de la mer.

— Ici, dit Chírico en indiquant une tombe rustique, basse, sur laquelle on avait muré une pierre commémorative qui rappelait le naufrage et les trois victimes du devoir. Sparti aussi est là, ajouta-t-il en voyant Marastella tomber à genoux devant la tombe en sanglotant. Toi, pleure ici, moi, je vais un peu par là... ce n'est pas loin.

La lune, du haut du ciel, regardait le petit cimetière sur le plateau. Elle seule vit ces deux ombres noires sur le gravier jaune d'une allée près de deux tombes, dans cette douce nuit d'avril.

Don Lisi, courbé sur la fosse de sa première femme, sanglotait :

— Nunzia, Nunzia, tu m'entends ?

[illegible]

mieux, non pas moins mal, soutenant si l'un des deux, mieux vaut que ce soit le père même plutôt que la mère.

LA PREMIÈRE SORTIE DU VEUF

I

Combien de fois, Mme Piovanelli, causant avec son mari après souper, avait-elle souhaité que si par malheur l'un des deux devait mourir avant son temps, que ce soit lui. Lui, lui, oui ; plutôt qu'elle. Dans l'intérêt de leurs enfants ; pas pour elle, bien entendu.

Et avec quel sourire Teodoro Piovanelli avait-il accueilli le souhait de sa femme en roulant sur la table des boulettes de mie de pain !

Gros et doux et de façons aimables, il était blessé chaque fois au fond de l'âme ; il souriait pour dissimuler son aigreur, et de ses yeux pâles et ouatés de mansuétude qui s'attendrissaient, peinés, dans la blondeur rousse des sourcils et des cheveux, il semblait demander : Pourquoi ça ? Pourquoi ? Elle est bien bonne ! Parce que cela vaut mieux pour les enfants... C'est-à-dire mieux, non pas ; moins mal, soutenait sa femme ; des deux, mieux vaut que ce soit le père qui meure plutôt que la mère.

— Mais ne vaudrait-il pas mieux que ni l'un ni l'autre ne meure ? hasardait Piovanelli, avec le même petit sourire. Tu permets ? Je dirais... La maman est la maman, c'est entendu. Il n'y en a qu'une. Et elle vaut cent fois... que dis-je, mille fois mieux que le père pour les enfants, est-ce bien cela ? Mais l'amour... l'amour est une chose et le... je dirais... le... comment dit-on, le quotidien...

— Que vient faire le quotidien là-dedans ? lançait sa femme.

Et Piovanelli, immédiatement :

— Tu permets ? Je dirais... Je dis en général, entendons-nous. Il ne s'agit pas de nous en ce moment, puisque, grâce à Dieu, nous nous portons bien. En général. Imagine une famille sans fortune, qui vit uniquement du peu que gagne le chef de famille. Il meurt, ce chef de famille, bon... Comment s'y prendra la veuve pour élever ses enfants ?

— Ooh..., grognait sa femme, avec un haut-le-corps et les mains parées en avant comme pour dire que c'était là où elle l'attendait. Je te suis dans ton raisonnement. Que pourrait-elle faire de pire, cette veuve ? dis-le un peu, je te laisse ce soin.

— Eh ! faisait Piovanelli, puis il haussait les épaules pour ne pas parler, dans la certitude où il était que s'il avait dit ce que sa femme attendait, celle-ci l'amènerait à reconnaître qu'il avait tort.

— Se remarier, n'est-ce pas ? demandait alors sa femme. Eh bien, pour les enfants, il vaut cent mille fois mieux que ça soit la mère qui se remarie que le père, car un beau-père vaut vingt mille fois mieux qu'une belle-mère. Tout le monde sait ça.

— Bon, d'accord... mais tu permets ? (Et Piovanelli se trémoussait comme un petit chien qui veut se faire pardonner.) Excuse-moi, hein ? Mais ne crois-tu pas qu'en disant cela, tu finis par conclure que... c'est pour toi que je le remarque, parce que je sais que ton idée est différente... que tu finis par conclure, disais-je, que l'homme en général vaut... vaut mieux que la femme ?

— Moi ? éclatait sa femme en se levant d'un bond. Qui t'a dit ça ? Je viens même de conclure, comme je l'ai toujours fait, que l'homme, ou bien est une fripouille...

— Oui, oui, je te demande pardon...

— Ou bien un imbécile qui se laisse mener par le bout du nez.

— En général, oui, oui... je te demande pardon...

— Sans généralité ni singularité. Et je vais te le prouver. Lorsqu'une femme qui a des enfants et qui se remarie par nécessité a d'autres enfants avec son second mari, non seulement elle ne cesse pas pour autant d'aimer les premiers, mais elle arrive à les faire aimer par leur beau-père. Quoi de plus naturel ? Elle a mis au monde les premiers comme les seconds ; c'est son sang, sa chair. Par contre si un veuf qui a des enfants et qui se remarie n'a pas d'autres enfants avec cette seconde femme, il ne les aime plus comme avant, parce que la belle-mère s'en offusque, la belle-mère en est jalouse ; mais si celle-ci lui en donne d'autres, elle l'amène à aimer les siens et à négliger les pauvres orphelins ; et lui, veule, dégoûtant, fripouille, canaille, obéit.

— Tu ne dis pas cela pour moi, j'espère, demandait d'un filet de voix Piovanelli, humilié, en face de sa femme hors d'elle. Tu sais fort bien que moi...

— Toi ? lançait sa femme. Toi ? Mais toi le premier ! Toi, demain, si je venais à mourir ! Vous êtes tous les mêmes ! Mes pauvres enfants, qui sait dans quelles mains ils tomberaient ! Avec un homme pareil ! C'est pour cela, vois-tu, qu'il faut que Dieu me fasse la grâce de ne pas me faire mourir avant toi. Moi, je te demande pardon, hein ? Moi, pour nos enfants, il faut que je te voie mort de mes propres yeux. Moi, moi. Et te pleurer, aussi ! Oh ! tu peux être sûr que je te pleurerai.

Teodoro Piovanelli se sentait briser le cœur.

— Mais oui... je voudrais aussi... Je me le souhaite aussi...

Et tout en souriant, du même air, il se levait et se mettait à la fenêtre ; histoire de prendre un peu l'air.

II

Personne ne savait mieux que lui combien sa femme était injuste en tenant de tels propos.

Se remarier, lui ? Le ciel le foudroierait plutôt !

Non seulement dans l'intérêt de ses enfants il ne l'aurait jamais fait, mais même dans le sien propre. Non pas du fait qu'il avait été échaudé la première fois, étant donné la femme que le sort lui avait réservée, mais du fait de la triste conception qui s'était ancrée en lui de ne pas avoir de chance, c'est tout ; qu'il aurait été malheureux avec n'importe quelle femme, puisqu'il l'était avec celle-ci qui, au fond, n'était pas méchante ; tout autre que mauvaise, même, bonne ménagère, aimant son intérieur et ses enfants ; peut-être un peu trop franche en paroles, certes, mais c'était un petit travers, à la fin du compte, que tant de qualités auraient pu racheter, si elles n'avaient été accompagnées d'une vilaine maladie, vraiment vilaine... vilaine... la jalousie.

Grand Dieu ! Une vraie malédiction ! Jalouse de lui ! D'une fidélité canine, par tempérament ; une femme lui avait toujours suffi, même du temps qu'il était célibataire. Dans sa jeunesse, ses amis se moquaient assez de lui. Que pouvait-il faire ? Il n'aimait pas le changement. Peut-être... peut-être ne savait-il pas s'y prendre. Parce que, à quoi bon le nier, il était timide avec les femmes, si timide qu'il se prenait en pitié lui-même, quelquefois, quand il faisait par trop piètre figure. N'importe, sa femme lui faisait des scènes, des scènes : si ses amis d'autrefois avaient été derrière la porte, ils auraient crevé de rire. Pour des prétextes si futiles, par surcroît. Une fois, parce que, distraitement, il s'était un peu retroussé les moustaches dans la rue. Une autre fois, parce qu'il avait ri dans son rêve... Une troisième fois, parce qu'elle avait lu dans la chronique d'un journal qu'un mari avait trompé sa femme et avait été découvert.

La lecture du journal devenait un supplice, tous les soirs. Sa femme se mettait derrière lui et cherchait, comme un chien d'arrêt, les faits divers scandaleux. Dès qu'elle en trouvait un :

— Là. Lis un peu là. Tu as lu ? Tu vois ce dont vous êtes capables ?

Et vlan, une ribambelle de gros mots.

Les autres faisaient le mal, mais lui en subissait les conséquences, puisque, pour sa femme, la trahison de ces maris, c'était comme son propre fait ; cette trahison lui ôtait sa tranquillité, l'amour de sa femme, toutes les joies de la famille dont il avait pourtant bien le droit de jouir, lui, pur de tout reproche comme il était, et la conscience si tranquille. Sa femme détestait le genre humain — les hommes tout autant que les femmes — à cause de cette terrible maladie. Le pauvre Piovanelli tombait de son haut en l'écoutant médire des femmes, de quoi elles étaient capables, d'après elle.

— Ne le saurais-tu pas, par hasard ? lui criait-elle, indignée, vexée en le voyant stupéfait. Mords ton pouce, va, espèce d'hypocrite ! Mais c'est moi qui te le dis, parce que je suis franche, moi, parce qu'on ne peut pas me soupçonner de quoi que ce soit, et que je n'ai pas besoin de faire l'hypocrite, comme toutes les autres, pour plaire à ces messieurs. C'est moi qui te le dis !

Et elle lui en disait... Il se sentait comme violenté dans sa timidité, pauvre Piovanelli !

Lui qui ne s'était jamais départi d'une réserve respectueuse en face des femmes, ni permis un geste un peu osé, un mot risqué, lui qui avait toujours cru si difficiles les conquêtes amoureuses, il se sentait assiégé de tous côtés, et s'en allait tête basse dans la rue ; et si une femme le regardait, il baissait immédiatement les yeux ; et si une autre lui serrait à peine la main, il passait par toutes les couleurs.

Toutes les femmes de la terre étaient devenues un cauchemar : toutes étaient ennemies de sa tranquillité.

III

Étant donné cet état d'esprit, on peut imaginer ce que fut la mort pour Mme Piovanelli, frappée à l'improviste d'une pneumonie foudroyante, quand elle se la vit devant elle, inexorable, à un peu plus de trente-six ans. Incapable de parler, elle parlait des yeux, elle parlait des mains. Et quels gestes ! Et quels yeux de bête enragée !

Malgré son déchirement, le pauvre Piovanelli avait peur. Quand elle lui jeta les bras autour du cou, il eut vraiment peur : allait-elle l'étrangler ? Et en vérité, elle lui serrait la gorge, lui serrait le cou, par la Madone, de toutes les forces qui lui restaient comme si elle voulait l'entraîner au fond de la fosse avec elle.

Et lui, volontiers, mais oui, volontiers, au fond de la fosse avec elle.

— Oui, oui, je te le jure, calme-toi, lui répétait-il dans un flot de larmes, pour répondre au geste de ces mains et pour apaiser ces regards farouches.

Peine perdue ! Le désespoir atroce dans lequel cette femme mourait, du fait de ne pas vouloir, même en ce moment suprême, par une injustice butée, se fier à lui, lui accorder l'estime qu'il méritait, reconnaître la vérité de son chagrin, de ses larmes sincères, exaspéra tellement Piovanelli qu'à un certain moment il se mit à hurler comme un fou, à s'arracher les cheveux, à se donner des gifles, à se griffer les joues ; puis se jetant à genoux devant le lit, les bras en l'air :

— Tu veux que je te jure, dis, tu veux que je te jure que je ne toucherai plus jamais à une femme tant que je vivrai, puisque je les déteste toutes ? Je te le jure ! Je ne vivrai que pour nos enfants ! Ou bien, veux-tu que je me tue ici même, sous tes yeux ? Je suis prêt ! Mais pense à nos petits, et ne te condamne pas à la damnation, à cause de moi. Mon Dieu ! Quoi !... quoi !... Mon Dieu !

Après les obsèques, les tempes de Piovanelli grisonnèrent en quelques jours.

Pendant neuf années entières, il n'avait vécu que pour cette femme, absorbé sans arrêt dans le souci qu'il avait d'elle, unique et tourmentant, pour qu'elle n'ait jamais l'occasion de se plaindre, de se méfier en rien de lui, avec une vigilance assidue, scrupuleuse, craintive. Il avait vécu neuf ans presque les yeux fermés et les oreilles bouchées ; presque en dehors du monde, comme si le monde n'existait pas.

Et tout à coup, il se sentait comme lancé dans le vide ; anéanti.

Le monde continuait à vivre autour de lui, avec ses trafics incessants, ses mille occupations quotidiennes, de genres variés ; il était resté en dehors, enfermé dans ce cercle de claustration méfiante, dans cette maison vide et pourtant pleine, tout comme son âme, des soupçons sourcilleux de sa femme.

Vivant d'elle et pour elle, uniquement, ces soupçons, cet esprit hostile et agité, cette énergie agressive le soutenaient. Et maintenant, il avait la sensation de ressembler à un sac vide.

À qui se confier ? À qui confier la maison ? À qui confier ses enfants ?

Son monde, c'était cette maison. Mais que représentait-elle sans celle qui l'animait ? Il était même incapable d'y tourner et virer. Comment prendre soin des petits ? Comment les élever ? Il ne savait où donner de la tête. Dans deux ou trois jours, il faudrait retourner au bureau ; et les enfants ?

Pas une bonne n'avait duré plus de six mois. La dernière n'était arrivée que depuis quelques jours ; elle s'était montrée pleine d'attentions ; elle avait l'air d'une bonne petite vieille ; mais pouvait-il se fier à elle ?

Non. Sa femme, au-dedans de lui, disait que non. Non, pas seulement à propos de la bonne, mais de toutes les bonnes du monde. Non.

Aussi bien, pour vivre comme elle l'entendait, comme il le lui avait juré, il fallait renoncer à son bureau et se calfeutrer chez lui du matin au soir. Était-ce possible ? Il fallait travailler. Il ne pouvait pas jouer le rôle de sa femme qui, au fond, faisait tout chez elle. Le malheur ne l'avait pas frappé pour rien. Il fallait que la bonne fasse quelque chose à la place de sa femme. Les enfants, non, les enfants, c'était à lui d'en prendre soin : les habiller le matin, préparer leur déjeuner, emmener l'aîné en classe ; c'était à lui de les servir à table et puis le soir à souper : leur faire dire leurs prières, les déshabiller pour les mettre au lit, dans leur petite chambre veillée par une photographie agrandie de leur maman qui n'était plus là. Comme il les embrassait à travers ses larmes !

Et puis quelle horreur, cette maison muette, quand les petits étaient au lit !

Il retournait s'asseoir devant la table encore à desservir et commençait à rouler ses habituelles boulettes de mie de pain, en méditant de nouveau, le cœur serré, sur son horrible malheur.

Une sombre amertume l'aigrissait, quand il songeait à l'injustice de son sort.

Il avait souffert auparavant sans l'avoir mérité ; et il souffrait tellement, à présent ! Et personne n'était capable de le consoler. Sa femme n'avait ni su ni voulu lire dans son âme ; elle l'avait torturé sans raison ; à présent, elle ne pouvait plus voir la vie qu'il menait sans elle dans cette maison, et comment il tenait le serment qu'il lui avait fait ; et peut-être pensait-elle, imaginait-elle, têtue et aveugle, qu'il en profitait, en toute liberté. Quelle dérision !

Un jour, à le voir s'abîmer dans son chagrin, la vieille bonne prit son courage à deux mains et lui conseilla de sortir faire un petit tour, histoire de se distraire.

Il se retourna pour la regarder ; haussa les épaules et s'abstint même de répondre.

— Vous prendriez un peu l'air, insistait-elle timidement. Je ferai très attention aux enfants, soyez sans crainte... Du reste, ils ne se réveillent jamais... vous devriez aussi le faire pour eux, je vous demande pardon... vous allez tomber malade, si vous continuez.

Teodoro Piovanelli hocha la tête lentement, les sourcils froncés et les yeux clos. Sous les paupières boursouflées, les larmes jaillissaient. Il se leva pour aller regarder par la fenêtre.

Eh oui !... Il pouvait sortir maintenant, s'il le voulait. Personne ne le lui interdirait. Mais où aller ? Pourquoi ? Quelle funèbre détresse dans le noir des rues désertes, veillées par les rares réverbères ! Il revit en pensée, comme en rêve, d'autres rues illuminées, imagina les gens qui passaient, absorbés dans leurs soucis, de vives affections au cœur, de vifs désirs dans l'âme, ou conduits par une habitude qu'il n'avait plus ; imagina les cafés brillants de miroirs...

Et tout à coup, il se retourna pour lancer un coup d'œil à la pièce, comme sous l'effet d'un rappel impérieux, menaçant, du spectre de sa femme. Allait-il manquer à son serment ? Non, non ! Et il passa dans la chambre des enfants, se pencha sur les petits lits pour les contempler dans leur doux sommeil ; retint sa main tendue irrésistiblement pour caresser les petites têtes ; puis il se retourna, l'angoisse l'étouffant, pour jeter un coup d'œil au portrait de sa femme.

Avec quelle ardeur il la désira ! Oui, oui, malgré le martyre qu'elle lui avait infligé neuf ans durant. Oui, il la voulait, la voulait ! il avait besoin d'elle ! Sans elle, il était incapable de vivre. Même au prix de souffrir les peines les plus injustes et les plus cruelles de sa part. Il ne pouvait pas se résigner à voir son existence brisée à jamais !

Il avait à peine quarante ans.

IV

Au fur et à mesure que les jours passaient, les mois dorénavant (il y avait déjà quatre mois), cette place vide, là, dans le lit, lui causait toutes les nuits, dans ce souvenir cuisant, des transes de plus en plus désespérées.

Le visage enfoui dans son oreiller, qu'il mouillait de larmes, il chevrotait son nom, dans sa passion fébrile :

— Cesira, Cesira...

Et son cœur se brisait.

— Toujours ainsi... toujours ainsi, murmurait-il plus calme, les yeux écarquillés dans le noir.

Ah ! comme sa femme s'était trompée sur son compte !

Cette pensée le rongeait plus que toute autre, et il y revenait sans cesse. Elle agissait comme une lime.

Que le monde fût mauvais, que les hommes fussent mauvais et mauvaises les femmes, comme sa femme le pensait, il pouvait l'admettre, il l'admettait. Mais lui ? Un triste individu lui aussi ?

Certes, qui sait combien d'hommes, restés veufs à son âge, au bout de trois ou quatre mois, cédant au besoin même de la nature... tout en s'y refusant, tout en gardant vivante en leur cœur l'image de leur femme morte et la peine de l'avoir perdue, commençaient à sortir le soir, et... oui, à sortir pour le moins.

Sa femme avait raison : « Les femmes sont si faciles ! On en rencontre tellement dans la rue ! »

Mais à quarante ans... hé, à quarante ans, après en avoir perdu l'habitude, se remettre à mener une vie de célibataire ne devait pas être très agréable !

Qui sait quelle humiliation !

D'autre part, pourtant... se mettre avec d'autres femmes... Avant tout, une perte de temps... et puis, qui sait combien d'embêtements, sans parler... sans parler d'une autre difficulté...

Par exemple, cette marchande chez qui il allait acheter des gants à sa Cesira, 6 1/4 (il y était allé après son malheur en acheter une paire, de noirs, pour lui, pour les obsèques) — cette marchande, tenez... une vraie dame ! Comme elle allait et venait dans son joli magasin impeccable, tiède et parfumé ! Le corps légèrement penché... À ne pas entendre le bruit de ses pas ; juste le frou-frou de sa jupe de soie...

Aucun embarras, mais aucune effronterie non plus. Une voix douce, nuancée ; une merveilleuse promptitude à comprendre... Non seulement pour attirer les gens ! Elle était ainsi. Du moins le semblait-elle, naturellement. Quelle netteté ! Quelle précision ! Eh bien, se mettre avec elle... que Dieu nous garde ! Et les conséquences ? Les enfants ? Ah !

À cette idée, il reculait brusquement, presque horrifié de s'être attardé à rêvasser sur un sujet pareil. Allons ! il savait trop bien que ces choses ne pouvaient ni ne devaient plus exister pour lui... Il s'efforçait de s'endormir. Mais même les yeux clos, peu après, voilà qu'une autre vision tentatrice... Il faisait semblant de ne pas s'en apercevoir, comme si elle lui apparaissait sans qu'il l'ait provoquée. Il laissait faire... peu à peu il s'endormait.

Mais le soir suivant, le supplice recommençait. Et la vieille bonne d'insister, d'insister, allons ! qu'il sorte au moins une demi-heure prendre un peu l'air.

À force, à force, à la fin Teodoro Piovanelli se laissa faire. Mais quel temps il mit à s'habiller ! Il tint d'abord à aller voir ses enfants qui dormaient, tira convenablement les couvertures, et puis que de recommandations à la bonne, qu'elle fasse bien attention ! Toutefois, il n'osa pas lever les yeux sur le portrait de sa femme.

Et sortit.

V

À peine dans la rue, il se sentit perdu. Depuis des années et des années, il ne sortait plus le soir. L'obscurité, le silence, lui causèrent une impression lugubre... et ce réverbère à gaz là, tremblotant sur le pavé... et plus loin, au fond, dans la place déserte, les lanternes vagues des fiacres... Où aller ?

Il descendit vers la place des Thermes toute sonore de l'eau lumineuse de la fontaine des Naïades. Il se souvint que sa femme lui interdisait de regarder ces Naïades dévergondées. Et il ne s'arrêta pas.

Pauvre Cesira ! Elle s'indignait, à voir ces corps de femme affichant des attitudes si provocantes aux regards malins et indiscrets des hommes ! Elle y voyait comme une dérision, un manque de respect pour son sexe, et aurait voulu savoir pourquoi, dans les fontaines, messieurs les sculpteurs, par contre, n'exposaient pas des hommes nus. À vrai dire, place Navone, la fontaine du More... Et puis, des hommes nus... dans ces attitudes provocantes... allons, ce serait peut-être un peu plus scandaleux...

Tout en réfléchissant, Teodoro Piovanelli eut une ombre de sourire sur ses lèvres amères ; et il s'engagea dans la via Nazionale.

Au fur et à mesure qu'il marchait, des images assoupies, des impressions qui subsistaient dans sa conscience d'autrefois, non effacées mais étouffées sous la superposition d'autres états de conscience accablants, se réveillaient, ébranlant et désagrégeant peu à peu, à travers une douce peine, la triste condition de sa conscience présente. Et il écouta au-dedans de lui la voix lointaine de celui qu'il était dans sa jeunesse ; la voix des souvenirs ensevelis qui resurgissaient au souffle de cet air nocturne, au son de ses pas dans le silence de la rue.

Arrivé au croisement de la via del Boschetto, il s'arrêta, comme si quelqu'un le retenait tout à coup. Il lança un coup d'œil autour de lui ; puis, perplexe, avec une infinie tristesse, il regarda au bout de la rue, et branla la tête tristement.

Tous les souvenirs, toutes les images et les impressions de ses vagabondages nocturnes d'autrefois, du temps où il était célibataire, s'associaient à l'idée d'une femme, de la seule qu'il eût connue avant son mariage, une femme non point seulement à lui, mais à laquelle, par habitude, par timidité, il était resté fidèle, comme à sa femme par la suite.

Cette femme habitait ici, alors, via del Boschetto.

Elle s'appelait Annetta ; elle confectionnait des étuis et des couvercles de boîtes, mais elle aimait s'habiller, elle aimait l'or et les bijoux, même faux... Tant que sa mère avait vécu, elle était restée honnête ; mais sa mère une fois morte, elle n'eut plus aucun motif de se sacrifier sans aucune compensation... Elle était tombée. Chaque fois, comme pour se relever à ses propres yeux, pour ne pas se sentir dégradée par ce qu'elle allait faire, elle accablait les quelques hommes qui lui inspiraient confiance du récit de ce qu'elle avait fait pendant la longue maladie de sa mère, tous les soins qu'elle lui avait prodigués, les médicaments coûteux qu'elle lui avait achetés, comme pour s'assurer qu'au moins en cela elle n'avait pas de remords à avoir.

Au cours donc de cette première sortie, Teodoro Piovanelli s'abandonnant aux souvenirs d'alors, naturellement conduit au gré d'une fidélité instinctive et exemplaire si cruellement méconnue et déniée par sa femme, s'était justement arrêté là, à l'entrée de la via del Boschetto.

Il s'interdit de prendre conscience de l'idée qui venait de surgir à l'improviste : que ce ne serait ni tromper la mémoire de la défunte, ni faillir à son serment de ne jamais toucher à une autre femme, puisqu'il revenait à celle-ci que Cesira connaissait, à la suite de son propre aveu. Celle-ci n'était pas *une* autre, elle avait déjà été à lui ; et avec elle, sa fidélité ne se démentirait pas. Mieux encore, elle se confirmerait.

Non : il refusa de se l'avouer, refusa de tenir ce raisonnement. C'est par simple curiosité qu'il descendait la rue, voilà tout ; conduit par une volupté amère de suivre la trace d'un temps lointain ; sans autre objectif. Du reste, il ignorait si elle habitait encore là. Difficile, au bout de neuf ans... Il l'avait rencontrée trois ou quatre fois, dans la rue, pauvrement mise, vieillie, enlaidie, tombée plus bas certainement ; bien entendu, il avait fait semblant non seulement de ne pas la reconnaître mais même de ne pas la voir.

Après avoir dépassé de quelques pas la porte bien connue, quand il aperçut au-dessus la petite fenêtre carrée de l'entresol les persiennes croisées qui laissaient filtrer la lumière entre les barreaux et par-dessous, Teodoro Piovanelli fut profondément troublé ; assailli par l'image précise, vivante, du souvenir lointain... tout, tel quel, comme alors ! Était-ce bien elle qui habitait encore là ? Il s'approcha du mur, précautionneux, trépidant, frôla le mur, sous la fenêtre ; leva la tête ; aperçut derrière les persiennes une ombre, une femme ?... elle ? Il dépassa la fenêtre, bouleversé, la tête rentrée dans les épaules, le sang bouillonnant dans les veines, comme sous l'imminence de quelque chose qui allait lui tomber dessus.

La conscience sombre et dure de son état présent se recomposa violemment ; en un éclair il revit la chambre de ses enfants et le portrait, vigilant, terrible, de sa femme ; et il s'arrêta, essoufflé par sa course. À la maison ! À la maison !

Si ce n'est que devant la porte... mais oui, elle... elle qui était descendue... Annetta, oui. Il la reconnut tout de suite. Et elle aussi le reconnut.

— Doro, toi ?

Et elle lui tendit une main. Il se défendit :

— Laisse-moi... non, je t'en prie... je ne peux pas... laisse-moi...

— Quoi ? fit-elle en riant et en le retenant. Puisque tu venais me chercher. Je t'ai vu, tu sais. Chéri... chéri... tu es revenu ! Allons ! Pourquoi pas ?... Puisque tu me reviens... Vite, vite...

Elle le tira de force sous le porche, dans l'escalier, en le tenant par le bras. Il haletait, le cœur battant la chamade, l'esprit brouillé. Il aurait voulu se dégager, et ne savait pas comment, ne pouvait pas... Il revit la petite chambre, telle quelle aussi, au plafond bas... le lit, la commode, le petit divan... les images en couleur, aux murs.

Mais quand, au milieu de tant de phrases qui se pressaient et dont il n'entendait que le son, elle lui ôta son chapeau, prit sa canne et ses gants, et fit mine de l'embrasser, Teodoro Piovanelli qui tremblait déjà de la tête aux pieds la repoussa, se cacha le visage dans les mains, chancela comme saisi de vertige.

— Qu'as-tu ? demanda-t-elle surprise, un peu consternée ; et elle le fit asseoir sur le divan.

Une crise de larmes secouait les épaules de Teodoro. Elle essaya de découvrir son visage, mais il secoua la tête rageusement.

— Non, non !

— Tu pleures ? demanda la femme, puis, après avoir remarqué son chapeau et le ruban de crêpe... peut-être... peut-être as-tu perdu ?...

Il fit signe de la tête que oui.

— Ah ! mon pauvre ! soupira-t-elle sur un ton de pitié.

Teodoro Piovanelli se leva d'un bond, agité d'une sorte de convulsion ; prit ses gants et sa canne, jeta son chapeau sur la tête et balbutia, en suffoquant :

— Impossible... impossible... laisse-moi m'en aller...

Elle n'essaya pas de le retenir ; elle l'accompagna, dolente, jusqu'à la porte. Puis là, dans la certitude qu'il reviendrait, elle lui demanda, d'une voix triste, avec un triste sourire :

— Je t'attends, hein, Doro... à bientôt...

Mais, son mouchoir bordé de noir pressé sur les lèvres, il ne lui répondit pas.

AVEC D'AUTRES YEUX

Par la vaste fenêtre ouverte sur le jardin suspendu on voyait, posé en quelque sorte sur l'azur vif de la fraîche matinée, une branche d'amandier en fleur, et l'on entendait, mêlé au clapotement rauque étouffé du bassin au milieu du jardin, le joyeux carillon des églises au loin et les cris des hirondelles ivres d'air et de soleil.

Alors qu'elle quittait la fenêtre en soupirant, Anna s'aperçut que son mari, ce matin-là, avait oublié de défaire son lit, comme il en avait coutume chaque fois, pour que les domestiques ne remarquent pas qu'il n'avait pas couché dans sa chambre. Les coudes sur le lit intact, elle appuya sa jolie tête blonde sur les oreillers, les yeux mi-clos comme pour savourer à travers la fraîcheur de la toile le sommeil qu'il y prenait généralement. Une volée d'hirondelles zigzaguantes fila devant la fenêtre en criant.

— Mieux vaudrait que tu aies couché ici, murmura-t-elle, et elle se redressa très lasse.

Son mari devait partir le soir même et elle venait lui préparer son nécessaire de voyage.

En ouvrant l'armoire, elle entendit une espèce de crissement dans le tiroir intérieur et elle recula, brusquement effrayée. Dans un coin de la chambre, elle prit une canne au manche recourbé, et serrant sa jupe contre ses jambes elle saisit la canne par le bout ; toujours à distance, elle essaya d'ouvrir le tiroir. Mais au lieu de le tirer, elle fit sortir sans aucun mal de la canne une lame brillante, insidieuse. Aurait-elle pu s'y attendre ? Un dégoût la saisit et le fourreau de l'arme lui échappa.

À cet instant, un autre crissement la força à se retourner d'un coup et à se demander si le premier n'était pas venu d'une hirondelle, zigzaguant devant la fenêtre.

Elle poussa du pied l'arme dégainée et tira entièrement le tiroir plein de vieux effets de son mari. Poussée par une curiosité soudaine, elle y fouilla entièrement mais comme elle replaçait un veston usé et déteint, il lui advint de palper dans l'ourlet sous la doublure un petit carton qui avait glissé de la poche trouée ; l'envie lui vint de voir ce que pouvait bien être ce bout de papier tombé là qui sait depuis quand et oublié ; c'est ainsi que par le plus grand des hasards Anna découvrit la photographie de la première femme de son mari.

Elle pâlit, sa vue se troubla et le cœur en suspens, elle courut à la fenêtre où elle resta longuement, désemparée, examinant l'image inconnue, presque avec un sentiment d'effroi.

Tout d'abord, la coiffure volumineuse et la robe démodée l'empêchèrent de remarquer la beauté du visage ; mais dès qu'elle put en isoler les traits, en faisant abstraction de ces atours qui si longtemps après semblaient un peu grotesques, et qu'elle put en particulier observer les yeux, elle se sentit presque blessée dans son amour-propre, et une poussée de haine bondit de son cœur à son cerveau : haine de jalousie posthume, haine mêlée de ce mépris qu'elle avait éprouvé pour cette femme quand elle s'était éprise de celui qui était son mari à présent, onze ans après le drame conjugal qui avait détruit brusquement son ménage.

Anna avait détesté cette femme, dans l'incapacité où elle était de comprendre comment elle avait pu tromper l'homme qu'elle-même adorait maintenant, puis en second lieu, parce que ses parents s'étaient opposés à son mariage avec Brivio, comme s'ils le tenaient pour responsable de l'indignité et de la mort violente de sa femme infidèle.

C'était elle, c'était elle sans aucun doute la première femme de Vittore : celle qui s'était tuée !

Ce qui lui fut confirmé par une dédicace au revers du portrait : À mon Vittore, son Almira — 11 novembre 1873.

Anna avait de très vagues renseignements sur la morte ; elle savait simplement que son mari, qui avait découvert qu'elle le trompait, l'avait forcée avec l'impassibilité d'un juge à se détruire.

À ce moment même, le souvenir de cette condamnation lui remontait à la mémoire avec plaisir, irritée comme elle l'était par le « mon » et le « sa » de la dédicace, car on aurait dit que cette femme avait tenu par là à souligner le lien qui les avait unis, elle et Vittore uniquement pour la faire enrager.

À ce premier éclair de haine qui surgissait de sa rivalité à elle, seule survivante, succéda dans l'âme d'Anna la curiosité toute féminine d'examiner les traits de ce visage, mais elle était presque retenue par l'étrange malaise que l'on éprouve à la vue d'un objet ayant appartenu à quelqu'un mort tragiquement, malaise plus vif à cette heure, mais non pas ignoré, puisque son amour pour son mari ayant appartenu à cette femme en était tout pénétré.

En examinant le visage, Anna nota immédiatement combien il différait du sien, et une question jaillit de son cœur, à savoir comment son mari qui avait aimé cette femme, cette jeune fille, certainement jolie à ses yeux, avait pu par la suite s'éprendre d'elle si différente.

Il semblait beau, beaucoup plus beau que le sien, ce visage qui, d'après la photographie, apparaissait mat. Oui, et ces lèvres s'étaient unies à ses lèvres à lui, mais pourquoi aux commissures ce pli douloureux ? Pourquoi cette tristesse dans le regard intense de ces yeux ? Du visage tout entier émanait un chagrin profond, et Anna éprouva presque du dépit de la bonté humble et vraie qu'exprimaient ces traits, puis un mouvement de répulsion et de dégoût : tout à coup il lui semblait apercevoir dans le regard de ces yeux l'expression de ses propres yeux, alors qu'en songeant à son mari elle s'était regardée à la glace, ce matin même, après s'être coiffée.

Elle eut à peine le temps de fourrer la photographie dans sa poche ; son mari se présentait en maugréant sur le seuil de la chambre.

— Que fais-tu ? Des rangements, comme d'habitude. Pauvre de moi, je ne retrouverai plus rien.

Puis en apercevant l'arme dégainée par terre :

— Ah ! tu fais même de l'escrime avec mes complets ?

Et il rit, de ce rire qui ne partait que de la gorge qu'on lui aurait chatouillée, et tout en riant il lança un coup d'œil à sa femme presque pour lui demander la raison de son propre rire. Et en la regardant, ses paupières battaient à toute vitesse sur de petits yeux noirs inquiets qui se dérobaient.

Vittore Brivio traitait sa femme comme une enfant qui n'était capable que de cet amour ingénu et presque puéril dont il se sentait entouré, souvent jusqu'à l'agacement, et auquel il s'était proposé de ne prêter attention que de temps à autre, tout en faisant preuve d'une condescendance baignée de légère ironie : « Eh bien, allons, je jouerai un peu à l'enfant avec toi, semblait-il dire. Il faut en prendre parti mais ne perdons pas trop de temps. »

Anna avait laissé tomber à ses pieds le vieux veston où elle avait trouvé la photographie. Il le ramassa du bout de la lame puis appela par la fenêtre le domestique qui servait également de cocher et qui en ce moment même attelait le cheval à la voiture dans le jardin. Dès que le garçon se présenta sous la fenêtre en manches de chemise, Brivio lui jeta grossièrement le veston en pleine figure en accompagnant son aumône d'un « Tiens, c'est pour toi ! ».

— Tu auras moins à brosser et à ranger, espérons, ajouta-t-il tourné vers sa femme.

Et de nouveau, il eut ce rire forcé, ses paupières battant à plusieurs reprises.

Ce n'était pas la première fois que son mari partait et même pour assez longtemps, et qu'il le faisait de nuit comme cette fois-ci, mais Anna, encore sous l'impression de la découverte de cette photographie fut saisie d'une peur étrange à l'idée de rester seule, et le dit en pleurant à son mari.

Vittore Brivio, pressé par la crainte d'être en retard et absorbé dans les soucis de ses affaires, accueillit de mauvaise grâce ces pleurs insolites :

— Comment ? Pourquoi ? Allons, allons, pas d'enfantillages !

Et il s'en alla précipitamment, sans même lui dire au revoir. Au bruit de la porte qu'il claqua derrière lui, Anna sursauta, resta la lampe à la main dans la petite entrée et sentit ses larmes se glacer. Puis elle se ressaisit et se retira en toute hâte dans sa chambre pour se mettre au lit immédiatement.

Dans la chambre déjà rangée, la veilleuse était allumée.

— Va te coucher, dit Anna à la femme de chambre qui l'attendait. Je me déshabillerai toute seule. Bonne nuit.

Elle éteignit la lampe mais au lieu de la poser sur la console comme de coutume, elle la posa sur la table de nuit, pressentant bien malgré elle, qu'elle en aurait peut-être besoin. Elle commença à se déshabiller rapidement, les yeux à terre devant elle. Quand sa robe tomba autour de ses pieds, elle songea que la photographie était là et c'est avec une vive irritation qu'elle se sentit regardée et prise en pitié par ces yeux dolents qui l'avaient si fortement impressionnée. Elle se baissa résolument pour ramasser sa robe sur le tapis, la mit sans la plier sur le fauteuil, au pied du lit, comme si la poche qui cachait le portrait et l'étoffe en boule devaient et pouvaient l'empêcher de reconstituer l'image de cette morte.

À peine couchée, elle ferma les yeux et s'imposa de suivre son mari par la pensée, le long du chemin qui menait à la gare. Elle se l'imposa, mue par une rébellion rageuse contre le sentiment qui l'avait tenue sur le qui-vive toute la journée, pour observer, étudier son mari. D'où ce sentiment lui était venu, elle le savait, aussi tenait-elle à le chasser.

Dans cette tension de volonté qui la surexcitait, elle se représenta, en une évidence extraordinaire, la longue route déserte la nuit, les réverbères reflétant une lumière tremblotante sur les pavés qui semblaient en palpiter ; au pied de chaque réverbère, un cercle d'ombre ; les magasins fermés ; et voici la voiture qui conduisait Vittore. Comme si elle l'attendait au passage, elle se mit à le suivre jusqu'à la gare, vit le train lugubre sous la marquise vitrée ; un grouillement de gens dans cet espace vide, moite, mal éclairé, sombrement sonore ; voilà, le train partait et comme si elle le voyait réellement s'éloigner et disparaître dans les ténèbres, elle rentra brusquement en elle, ouvrit les yeux dans la chambre silencieuse et eut une sensation angoissante de vide, comme si quelque chose lui manquait.

Alors, elle sentit confusément, presque éperdue, que depuis trois ans peut-être, depuis le moment où elle avait quitté la maison familiale, elle était dans ce vide dont elle commençait seulement à prendre conscience. Elle ne s'en était pas aperçue plus tôt car ce vide, elle l'avait rempli entièrement d'elle, de son amour ; elle s'en apercevait à cette heure parce que toute la journée, elle avait presque gardé son amour en suspens pour voir, pour observer, pour juger.

« Il ne m'a même pas dit au revoir », pensa-t-elle, et elle se mit de nouveau à pleurer, comme si cette idée était la raison de ces pleurs.

Elle s'assit sur son lit mais arrêta brusquement le geste de prendre son mouchoir dans la poche de sa robe. Allons, à quoi bon désormais s'interdire de revoir, d'observer ce portrait ! Elle le prit. Ralluma la lampe.

Elle la voyait si différente, cette femme ! En examinant sa véritable effigie, elle se reprochait les sentiments que l'effigie imaginaire avait engendrés en elle. Elle se la représentait plutôt grasse et rubiconde, les yeux rieurs et lançant des éclairs, portée à la gaieté, aux plaisirs vulgaires. Bien au contraire : une toute jeune femme dont les traits purs exprimaient une âme profonde et douloureuse, différente certes d'elle-même mais non pas dans le sens vulgaire d'auparavant ; loin de là, on aurait dit que cette bouche n'avait jamais dû sourire, tandis que la sienne avait ri tant de fois et si joyeusement et puisque ce visage était mat (comme il apparaissait dans le portrait) il était moins rieur que le sien, blond et rose.

Mais pourquoi, pourquoi si triste ?

Une idée odieuse lui traversa l'esprit et elle détacha son regard de l'image de cette femme : elle y découvrait soudain une embûche tendue non seulement contre sa tranquillité et son amour qui avait pourtant reçu plus d'une blessure ce jour-là mais aussi contre son orgueilleuse dignité de femme honnête qui ne s'était jamais permis la moindre pensée hostile à son mari. Or, elle avait eu un amant, elle, elle était triste à cause de lui probablement, à cause de cet amour adultère et non pas à cause de son mari !

Elle jeta la photographie sur la commode et éteignit la lampe dans l'espoir de s'endormir cette fois-ci sans songer davantage à cette femme : que pouvait-elle avoir de commun avec elle ? Mais en fermant les paupières, elle revit aussitôt, malgré elle, les yeux de la morte et chercha en vain à chasser cette vision.

— Pas pour lui, pas pour lui, murmura-t-elle alors avec une obstination fébrile, comme si en insultant cette femme elle espérait se délivrer d'elle.

Et elle s'évertua à se remémorer ce qu'elle savait de l'autre, de l'amant, en obligeant presque le regard et la tristesse de ces yeux à s'adresser non plus à elle mais à son ancien amant dont elle ne connaissait que le nom : Arturo Valli. Elle savait que ce dernier s'était marié quelques années plus tard, pour prouver en quelque sorte qu'il était innocent du meurtre que voulait lui attribuer Brivio dont il avait repoussé énergiquement la provocation, protestant qu'il ne se battrait jamais avec un fou doublé d'un assassin. Après ce refus, Vittore avait menacé de le tuer partout où il le rencontrerait même à l'église ; alors l'autre avait quitté le pays avec sa femme pour y revenir dès que Vittore, remarié, s'en était éloigné.

Mais de la tristesse des événements qu'elle évoquait, de la lâcheté de Valli, et après tant d'années de l'oubli même du mari qui, comme si de rien n'était, avait repris goût à la vie et s'était remarié, de sa joie, à elle, en l'épousant, de ces trois années passées sans jamais avoir une pensée pour cette autre femme, voilà que surgissait soudain un motif de pitié pour celle-ci qui s'imposait spontanément à Anna ; elle revit l'image si vivante mais de loin, de très loin, et il lui sembla que de ces yeux intenses à force de souffrance elle lui disait en hochant la tête :

— Bien sûr ! mais il n'y a que moi qui suis morte ! Vous vivez tous, vous !

Elle se vit, se sentit seule dans la maison ; elle prit peur. Elle vivait, oui, elle ; mais depuis trois ans, depuis le jour de ses noces, elle n'avait plus revu, plus une seule fois, ses parents, sa sœur. Elle qui les adorait, qui avait toujours été docile et si confiante, elle avait osé s'opposer à leur volonté, à leurs conseils par amour pour cet homme ; par amour pour cet homme encore elle était tombée malade et serait morte si les médecins n'avaient engagé son père à condescendre à ce mariage. Le père avait cédé, sans y consentir, et même en jurant qu'après les noces elle n'existerait plus pour lui, pour la famille. À part la différence d'âge, les dix-huit ans que son mari avait de plus qu'elle, l'obstacle le plus grave aux yeux de son père était la situation financière de Brivio, sujette à des brusques changements à la suite d'entreprises risquées dans lesquelles il avait coutume de s'embarquer avec une confiance téméraire en soi et dans sa chance.

En trois ans de mariage, Anna entourée d'aises avait considéré comme injustes ou dictées par la prévention les considérations de la prudence paternelle sur la situation de son mari dont, dans son ignorance, elle partageait la confiance en lui-même. Quant à la différence d'âge, jusque-là, aucun motif manifeste de désillusion pour elle ni d'étonnement pour les tiers, car les années n'avaient encore aucune prise sur un corps vif et nerveux et moins encore sur un esprit doté d'une énergie inlassable et d'un allant parfois inquiétant.

C'était de bien autre chose qu'Anna, pour la première fois, en regardant à son insu sa propre vie avec les yeux de cette morte, trouvait à se plaindre. Oui, c'était vrai : la négligence presque dédaigneuse de son mari l'avait blessée d'autres fois, mais jamais comme aujourd'hui, et pour la première fois elle se sentait seule jusqu'à l'angoisse, séparée des siens qui semblaient à cette heure l'avoir abandonnée : elle avait l'impression qu'en épousant Brivio, elle avait déjà quelque chose de commun avec cette morte et qu'elle n'était plus digne d'une autre compagnie. Et son mari qui aurait dû la consoler, ce mari semblait même ne lui savoir aucun gré du sacrifice qu'elle avait fait de son amour filial et fraternel ; comme s'il ne lui avait rien coûté et comme s'il y avait eu droit sans pour autant, par conséquent, avoir le devoir de l'en récompenser. Le droit, oui, mais parce qu'à cette époque-là elle était éperdument amoureuse de lui ; donc, il avait le devoir maintenant de la récompenser. Or, au contraire...

— Toujours pareil ! — Ces mots, Anna eut l'impression de les entendre soupirer par les lèvres dolentes de la morte.

Elle ralluma la lampe et de nouveau, en contemplant l'image, elle fut attirée par l'expression de ces yeux. Elle aussi avait donc souffert à cause de lui ? Elle aussi, en s'apercevant de n'être plus aimée, avait senti ce vide angoissant ?

— Est-ce cela ? cela ? lui demandait Anna que les pleurs étouffaient.

Alors, il lui sembla que ces yeux empreints de bonté, intenses de passion, la prenaient en pitié à leur tour, la plaignaient de cet abandon, du sacrifice non récompensé, de l'amour qui restait enfermé en son sein, tel un trésor dans son écrin dont il avait les clés, mais sans jamais s'en servir, en véritable avare.

[illegible]
ment sur n'importe quel [illegible]
[illegible]
[illegible]
[illegible]
[illegible]
[illegible]
[illegible] de la [illegible]
[illegible]

— [illegible] est
[illegible]

[illegible] de [illegible]
[illegible]

[illegible] de

[illegible]

TOUTE LA VIE, LE CŒUR EN PEINE

I

Silence de glace, odeur de cire sur le carrelage, fraîche candeur des rideaux de mousseline aux fenêtres, tel est depuis onze ans l'appartement de Mme Lèuca. Mais en ce moment, il plane sur toutes les pièces comme une étrange surdité.

Est-il possible qu'après onze ans de séparation, Mme Lèuca consente à ce que son mari revienne habiter avec elle ?

Et cela vous agace que l'horloge de la salle à manger fasse entendre dans cette surdité son lent tic-tac qui se détache si distinctement dans toutes les pièces comme si le temps pouvait encore couler aussi placide et uniforme qu'auparavant ?

Dans le salon (dont le plancher est extrêmement sensible) il y eut hier un grillotis de bibelots en verre et en argent, et l'on aurait dit que les pendentifs des candélabres dorés sur la console et les petits verres du service à liqueur sur la table à thé avaient des frissons de peur et des frémissements d'indignation à la fin de la visite de Me Aricò, que Mme Lèuca traite de vieux cricri devant ses amies ; après avoir péroré tout son saoul l'avocat s'en était allé, ne cessant de répéter jusqu'au bout :

— Eh ! la vie... la vie...

Et il haussait ses épaules fluettes en fermant à moitié de gros yeux ouatés dans un visage olivâtre puis tirait péniblement un cou maigre pour relever tant qu'il le pouvait, au-dessus de ces épaules étroites si pitoyables, le bout d'un menton pointu.

Ces bibelots en verre et en argent estimaient que Mme Lèuca, haute et fière stature, si fraîche, blanche et rose avec un petit lorgnon au bout du nez pincé, aurait dû au moins faire non de la tête ou lever un bras en signe de protestation, devant ce vermisseau vert et noir qui se trémoussait pour prendre congé en répétant encore sur le pas de la porte : « La vie... la vie... » La vie ? Eh oui, cette vie-là, justement : quelque chose de honteux impossible à avouer, une misère à laquelle il faut compatir ainsi : en haussant les épaules et en baissant les paupières ou en tendant le cou comme s'il s'agissait d'une pilule bien amère à avaler.

En ce cas, comment qualifier celle qu'elle menait dans son intérieur lustré et discret depuis onze ans, coupée de temps à autre par les visites de ses amies de l'œuvre de charité, du docte curé de Sant' Agnese et du brave M. Ildebrando l'organiste.

N'était-ce donc pas la vie celle qu'elle savourait dans une paix inaltérable, dans la perfection d'un ordre si net, dans ce silence accompagné du lent tic-tac de l'horloge qui sonne les heures et les demi-heures d'un ton languissant et apaisant dans son coffre vitré ?

II

Au presbytère de Sant' Agnese, c'est la vieille demoiselle Trecke, dame patronnesse également, qui a couru donner l'alarme telle une colombe épouvantée.

— Mme Lèuca, Mme Lèuca, avec son mari...

L'épouvante est devenue stupeur et la stupeur s'est liquéfiée en un vague sourire de sa bouche pâle et édentée devant le placide acquiescement de tête avec lequel le curé a accueilli cette nouvelle déjà connue.

Toute en jambes et le buste court, le dos voûté, d'un blond encore ardent à soixante-six ans, Mlle Trecke, mi-russe mi-allemande, — plus russe sans doute qu'allemande — convertie par feu son beau-frère au catholicisme et pratiquante fervente, a conservé dans son visage pâle et flasque les yeux bleu clair, printaniers, de ses dix-huit ans, tels deux lacs qui s'obstineraient à refléter dans un paysage désolé les cieux innocents et rieurs de sa jeunesse. Pourtant combien de nuages orageux auraient pu les ternir ! Mlle Trecke n'en continue pas moins à faire semblant de n'en avoir jamais rien su de sorte que sa bonté, qui est réelle et pure pourtant, se revêt souvent d'une apparence d'hypocrisie. Elle se refuse à ce que l'amertume des tristes expériences attaque et corrode la fermeté de sa nouvelle croyance et elle préfère montrer une bonté naïve et inexpérimentée, c'est-à-dire ce qu'elle n'est pas du tout. Et cela fait enrager les gens qui l'aiment bien, car on se demande pourquoi elle ne veut pas admettre que sa bonté serait d'autant plus méritoire si elle en faisait une survivance avisée et victorieuse de toutes les tristesses de la vie.

Se liquéfiant en ce sourire vague, elle demande d'abord, avec un étonnement contrit si M. Marco Lèuca, mari de Mme Lèuca, est vraiment digne de pardon, ce qu'elle n'avait jamais imaginé car — mais ce doit être des calomnies puisque M. le curé approuve la réconciliation — n'a-t-il pas trois enfants, trois petites filles, ce M. Lèuca, avec une — comment dit-on ? avec une autre femme ? Alors, comment... que va-t-il faire maintenant ? Va-t-il les abandonner pour se réconcilier avec sa femme ? Ah non ! Alors quoi ? Deux foyers ? Ici sa femme et là, l'autre avec les trois — comment dit-on ? — trois filles naturelles ?

— Mais non, mais non, s'efforce de la rassurer M. le curé avec sa placidité coutumière nimbée de protection bénigne.

À Sant' Agnese, il y a les catacombes et l'église souterraine, sombre et solennelle ; mais le presbytère est au milieu d'une masse de verdure si tendre et si claire, avec tant d'espace devant, tant d'air et de soleil, que l'on aperçoit dans les yeux limpides du curé et que l'on sent dans sa voix chaude à quel point tout cela lui fait du bien, non seulement au corps mais à l'âme.

— Non, ma chère demoiselle Trecke. Pas deux foyers du tout, pas d'abandon non plus. Ce n'est même pas une réconciliation à proprement dire, nous aurons, grâce à Dieu, un simple rapprochement amical, une visite de temps en temps, c'est tout. Pour avoir un peu de réconfort.

— Lui ?

— Mais oui, lui. Un peu de soulagement quand la faute se fait pesante, le baume d'une bonne parole sur les remords cuisants. Il n'a rien demandé d'autre et notre excellente Mme Lèuca ne pourrait guère lui accorder autre chose. Ne vous inquiétez pas.

M. le curé pose ses mots comme si c'étaient des objets, des objets propres et lisses — là, là et là — de jolis vases de porcelaine sur le guéridon devant lui, chacun avec sa fleur en papier, de celles qui ont une tige en fil de fer recouvert de papier de soie vert, qui font un si gracieux effet et coûtent si peu. Mais il faudrait conseiller à ce brave M. Ildebrando, l'organiste, qui sert de secrétaire à M. le curé de ne pas les admirer à ce point en leur accordant des sourires mielleux et de petits hochements de tête. Cela retourne l'estomac à cette brave Mlle Trecke.

M. Ildebrando n'a jamais pu pardonner à ses parents morts depuis bien longtemps de l'avoir affublé d'un prénom si sonore et si compromettant, le moins approprié de tous ceux qu'ils auraient pu choisir pour sa silhouette grêle et frêle mais aussi pour son tempérament, son âme. M. Ildebrando n'a jamais pu souffrir ces gros bonshommes sanguins et impétueux qui ont besoin de tempêter, de lancer des coups d'œil torves, de prendre des poses, les mains sur le cœur : je suis là, moi, je suis là, moi... Il n'a jamais désiré y être pour quoi que ce soit, lui, il s'est toujours évertué à rester dans l'ombre, à peine tiède, insipide et délavé. Il a l'impression que Mlle Trecke, délavée elle aussi, devrait l'imiter ; par contre elle fourre son nez partout, se mêle de ce qui ne la regarde pas et la voici en train de demander à M. le curé à propos de M. Marco Lèuca :

— Alors, je pourrais même l'inviter à dîner ?

Le curé tombe des nues :

— Mais non ! de quoi vous mêlez-vous, mademoiselle Trecke ?

Et celle-ci tiraillant le vague sourire de sa bouche pâle :

— Eh bien, puisqu'il faut avoir pitié de lui... Ma nièce m'a dit qu'elle le connaît.

Le curé lui lance un coup d'œil sévère :

— Vous feriez bien, chère mademoiselle, de surveiller un peu votre nièce.

— Moi ? Comment le pourrais-je, monsieur le curé ? Je ne comprends absolument rien, moi, et je suis en train de vous en donner la preuve. Absolument rien, rien du tout.

Et ce disant, elle ouvre les bras et s'incline avant de s'en aller, ce sourire encore sur les lèvres mais les yeux enfantins voilés de tristesse en songeant à cette ignorance incorrigible, grand Dieu, dont elle sera affligée jusqu'à la fin.

III

Trois jours après, M. Marco Lèuca, accompagné de Me Aricò, rendit visite à sa femme pour la première fois.

Ébouriffé, ensauvagé, mal en point, raidi par l'émotion : ce fut au milieu de cette netteté où l'on se mirait, pour ces meubles grêles et poncés, soigneusement encaustiqués et jaloux de leur chasteté, un ébahissement mêlé de trépidation anxieuse.

Cinq minutes sans pouvoir dire un mot, à panteler comme une bête blessée, secoué tout entier de frissons effrayants. Et quelle terreur, quels soubresauts, quel désarroi quand, dans son incapacité de parler, saisi d'un désespoir qui l'y contraignait, il se jeta à genoux devant sa femme sur ce parquet d'une telle sensibilité.

Mme Lèuca qui avait peine à reconnaître son mari dans ce sauvage tellement vieilli au bout de ces onze années, aurait aimé se rapprocher pour le relever sans y parvenir toutefois, et surmonter sa répugnance et son effroi, aussi se reculait-elle pour ne pas le voir ainsi, à genoux devant elle, et gémissait :

— Mais non, mon Dieu, mais non...

Il lui fallut répéter plusieurs fois cette exclamation, et elle était presque tentée de se sauver dans l'autre pièce quand elle eut l'impression qu'Aricò et lui étaient sur le point d'en venir aux mains. Aricò très irrité s'était élancé sur lui en lui criant de ne pas faire de scènes, de se relever, de rester tranquille et comme il faut, mais l'autre l'avait repoussé d'une bourrade furieuse afin de se montrer à elle dans tout son désespoir et toute son abjection. Il aurait aimé lever ce visage défait pour la regarder et ne le pouvait pas ; il restait donc là, mon Dieu, il restait là, honteux de son geste théâtral raté qu'il aurait aimé soutenir jusqu'au bout car il y avait été entraîné par la fougue d'un sentiment sincère, par l'espoir qu'elle se serait peut-être laissé émouvoir, attendrir jusqu'à lui poser une main sur les cheveux, non pas caresse mais signe de pardon.

Grand Dieu, Mme Lèuca le pouvait-elle ? Il aurait dû comprendre qu'elle ne le pouvait pas. De la commisération, oui. Elle pouvait en avoir, de la compassion, un sentiment charitable, comme pour tous les malheureux à son image qui sentent la vie comme une fringale qui souille et ne se rassasie jamais.

— La vie !

Tenez, telle qu'il l'a écrite sur ses traits, avec une violence qui se relâche et s'achève en grossièreté. Quel horrible signe que cette lippe qui pend bestialement et ces boursouflures noires autour des yeux troubles et endeuillés ! Mais il viendra de temps en temps — oui, c'est cela, comme le dit l'avocat — pour goûter un peu de calme, pour se réconforter — maintenant que ses cheveux ont grisonné — elle les a tout blancs, elle — et retrouver la douceur du foyer, bien que...

— Bien que ?

— La douceur du foyer, dites-vous, maître ?

Mme Lèuca sait bien qu'il n'y a plus de douceur chez elle ; une grande quiétude seulement. Et cette quiétude d'ailleurs... Non, elle ne prétend pas qu'elle lui pèse, Mme Lèuca dit même qu'elle en est contente ; elle lit, travaille pour elle et pour les pauvres, va quêter en compagnie de ses amies de l'œuvre de charité, va à l'église, sort même souvent pour des emplettes ou pour aller chez sa couturière (car elle aime encore la toilette) et quand il le faut chez Me Aricò qui se charge de ses intérêts ; bref, elle ne reste pas un moment oisive. Elle est contente ainsi, bien sûr, puisque Dieu n'a pas voulu qu'elle le soit autrement, c'est-à-dire qu'elle connaisse des affections plus intimes. Si ce n'est que ce silence, entre un point et l'autre du tricot en laine destiné à une petite pauvre du quartier ou entre une ligne et l'autre du livre qu'elle est en train de lire, semble parfois s'enfoncer tout à coup dans un temps sans fin et rendre vaine ou plutôt privée de toute consolation chacune de ses pensées, chacune de ses besognes. Ses yeux se fixent sur un objet de la pièce et bien qu'il soit là depuis si longtemps et tout à fait familier, cet objet se présente comme si elle ne l'avait jamais vu ou comme si brusquement il se vidait de toute signification. Et un regret surgit : de rien d'actuel désormais, mais de ce qu'elle n'a pas eu, qu'elle n'a pas pu avoir, et une certaine peine, pas une peine à proprement parler, un certain dégoût qui se mue presque en irritation, à l'idée de la duperie dont son cœur l'a rendue victime, d'avoir pu être gaie, heureuse même d'épouser un homme qui... enfin quoi : un homme. Désormais, Mme Lèuca n'est même plus capable de le mépriser.

— La vie...

Elle ne peut qu'être ainsi, semble-t-il. C'est cela, bien sûr son dégoût. Non pas telle que son cœur de jeune fille la rêvait mais cette misère (n'est-ce pas un péché de le dire) qui vous salit immanquablement, semble-t-il, dès qu'on y touche, qu'il faut d'ailleurs prendre en pitié, oui, en pitié puisque chaque plaisir est acheté au prix de larmes et de sang. Mais ce n'est pas facile.

Pour répondre à M. le curé qui lui a demandé : « Mais qui vous a dit, par le Christ, que la charité doit être facile ? » elle s'est laissé décider à recevoir son mari de temps en temps pour une brève visite, maintenant que le mépris du début s'est transformé en commisération qui ne s'adresse pas à lui seulement mais à tous ces malheureux qui entendent la vie à sa façon.

Mme Lèuca reconnaît que beaucoup de ses œuvres de charité sont aussi une façon de passer le temps. Elle fait plus qu'elle ne le pourrait, à vrai dire, se fatigue à force de monter et de descendre tous ces escaliers et surmonte souvent par un effort de volonté la fatigue de ses yeux et de ses mains quand elle travaille pour les pauvres jusqu'en pleine nuit ; elle fait don d'une grande partie de ses revenus en se privant de choses qui ne seraient pas complètement superflues ; quant à un sacrifice à proprement parler, elle ne peut pas dire qu'elle en ait jamais fait un, comme ce serait si elle surmontait ce dégoût, cette sorte d'horreur qui naît de la chair même, à l'idée d'un contact intolérable ou si elle brisait cette vie harmonieuse si bien close dans cet ordre et cette propreté. Elle a bien peur de ne jamais pouvoir y arriver. Elle sent naître en elle les sentiments qui naissent aussi chez les autres, mais tandis que les autres s'y abandonnent aveuglément, elle, dès qu'ils naissent, les met en pleine lumière et, s'ils sont bons, les accompagne comme on accompagne un enfant par la main. Son esprit est trop attentif ; elle a trop vécu en silence. Sa vie s'est en quelque sorte raréfiée au point que ses relations avec les choses les plus habituelles perdent parfois toute certitude, et il lui advient de découvrir tout à coup dans ces choses des aspects nouveaux et étranges qui la troublent comme si à l'improviste et pour un instant elle pénétrait dans une autre réalité, insoupçonnée, que les choses garderaient pour elles, très enfouies, bien au-delà de celle qu'on leur donne communément. Quand elle se fixe sur cette idée elle a peur de devenir folle. Mais il est difficile de s'en distraire, avec ce soupçon qui persiste en elle, à l'affût, sous l'aspect habituel des choses. Que les autres croient sa vie placide et se fassent une certaine conception d'elle, à savoir qu'elle est la sérénité personnifiée, devrait donc l'irriter, secrètement tout au moins. Loin de là. Elle s'y complaît car elle aussi veut y croire, certaine de n'avoir jamais accueilli des désirs dont elle n'ait pas repoussé l'image tant de fois dès qu'ils l'effleuraient. Car elle a vraiment le dégoût de la vie qui salit. Elle en est entourée, elle la recherche pour y porter remède dans ses œuvres de charité. Mais elle ne le pourrait pas si elle sentait que son esprit en était affecté. Le seul sacrifice dont elle soit capable est celui-ci : surmonter cette horreur. C'est peu. Car cela aussi, c'est-à-dire ce qu'elle fait pour les autres, n'est rien à côté de ce qu'elle a fait pour elle quand elle a dû surmonter tant de fois l'horreur de son propre corps, de sa propre chair, pour tout ce qui se passe dans notre intimité malgré nous, et que personne ne veut s'avouer.

IV

De son air innocent habituel, toujours tête en l'air, Mlle Trecke est venue s'enquérir en compagnie de sa nièce. Elle a trouvé d'autres amies : Mme Marzorati et sa fille, Mme Mielli, auxquelles Mme Lèuca, invitée à parler, cherche à dire le moins possible sur cette première visite de son mari :

Mlle Trecke s'exclame :

— Oh ! écoute ça ! Il est venu !

Sa nièce, agacée, sursaute :

— Pourquoi fais-tu semblant de ne pas le savoir puisque tu le sais ?

Mlle Trecke la regarde et se liquéfie en son vague sourire :

— Je le savais ? Ah oui, je le savais... Qu'il devait venir mais pas qu'il était venu.

Sa nièce hausse les épaules et lui tourne le dos pour causer avec Mlle Marzorati, ce qui provoque les vives craintes de sa mère, Mme Marzorati, qui voit sans aucun plaisir la nièce de Mlle Trecke causer avec sa fille.

Quel scandale que la nièce de Mlle Trecke ! Il

suffit de voir sa façon de s'habiller. Et il court certains bruits sur elle ! Seule parmi toutes ses amies, Mme Lèuca comprend que si cette fille est ainsi, ce n'est pas de sa faute, cela dépend de ce qui se passe tous les jours entre sa tante et elle.

Il existe entre elles une sorte de surenchère très dangereuse. La tante s'entête à montrer qu'elle ne comprend pas ce que sa nièce fait de mal, alors celle-ci en remet pour forcer sa tante à comprendre et à cesser ces faux-semblants insupportables. Qui sait à quoi cela aboutira !

Mais, grand Dieu, quelle conduite Mlle Trecke pourrait-elle tenir s'il lui arrive tout le temps que là où elle soupçonne qu'il pourrait y avoir du mal, eh bien non, il n'y en a point et vice versa que là où il y en a, et très gravement, elle ne parvient jamais à comprendre qu'il pourrait y en avoir.

Il y a maldonne mais c'est ainsi.

Tenez, par exemple : elle croyait que cette « terrible » visite de son mari, son apparition après onze ans de séparation allaient bouleverser qui sait combien Mme Lèuca, eh bien c'est tout le contraire ; paisible et fraîche, Mme Lèuca en parle à ses amies comme si de rien n'était.

— Mais puisqu'il ne s'est rien passé, fait Mme Lèuca en souriant. Il est resté ici un quart d'heure avec l'avocat.

— Ah ! heureusement, avec l'avocat ! J'avais tellement peur qu'il vienne seul !

— Mais non, pourquoi ?

Ma nièce m'a dit qu'il est si violent. Nella fait justement la classe à l'école où il amène tous les matins l'aînée de ses... mon Dieu, oui, elles ne sont pas légitimes je crois, je ne sais pas s'il faut les appeler ses filles puisqu'elles ne portent pas son nom. Eh ! Nella, comment s'appellent-elles, m'as-tu dit ?

La nièce, brusquement :

— Smacca.

— Ça doit être le nom de leur mère, observe Mme Mielli qui semble arriver de très loin, chaque fois qu'elle prononce les rares mots qu'il lui advient de dire.

— Eh oui, peut-être, reprend Mlle Trecke. Figurez-vous qu'un matin, en présence de ma nièce, il a donné à cette fillette... une — comment dit-on ? — une calotte, oui, une calotte... si forte que la pauvre petite est tombée, et elle m'a dit qu'il l'a blessée à la joue d'un coup d'ongle, si ce n'est qu'en s'apercevant qu'elle s'était fait mal, il s'est mis à pleurer. Oh ! il a dû, il a dû pleurer ici aussi, je suppose.

Les deux autres amies se tournent vers Mme Lèuca pour savoir si son mari a réellement pleuré pendant sa visite, et celle-ci est obligée d'avouer que oui. Alors, d'un coup, la nièce de Mlle Trecke se retourne de nouveau car tout en bavardant passionnément avec Mlle Marzorati, elle restait l'oreille tendue vers le cercle des dames, et d'une traite, s'adressant à sa tante :

— Ça ne lui a rien fait, tu sais, rien fait du

tout à Mme Lèuca que son mari ait pleuré. Je t'avertis pour que toi, tu ne fasses pas semblant de t'attendrir !

Là-dessus, elle reprend sa conversation avec Mlle Marzorati.

Au ton dont ces mots ont été proférés, Mme Lèuca ne peut pas s'empêcher de remarquer qu'ils contiennent une provocation méprisante à son égard, dans un but qu'elle ne parvient pas à deviner à part celui de les blesser, elle et son comportement. Elle ne dit mot. Elle lance un coup d'œil aux deux amies qui échangent un regard à leur tour, un étonnement glacé peint sur leur visage long d'une aune, et elle sourit avec peine pour les engager à la pitié par égard pour cette pauvre Mlle Trecke qui n'a rien compris comme d'habitude et que la brusquerie de sa nièce a une fois de plus liquéfiée en un vague sourire de sa bouche édentée.

— Maintenant ça n'apparaît plus tellement, confie Mlle Trecke à l'oreille de Mlle Marzorati, mais il a dû être rudement *chic*[1] à son époque, crois-moi, le mari de Mme Lèuca.

Mme Marzorati laisse entrevoir qu'elle est de plus en plus sur les épines en voyant sa fille s'intéresser à ce que lui dit cette péronnelle. Et devant l'inquiétude de la mère, Mme Lèuca se remet à sourire avec peine.

Mlle Marzorati est une grosse dondon rubi-

1. En français dans le texte.

conde chaussant lunettes, étouffée par une poitrine rebondie, uniquement gonflée d'une certaine naïveté enfantine aisément alarmée quand de curieuses idées secrètes ou des impressions soudaines l'assaillent de temps à autre, par à-coups, ce qui lui fait piquer un fard, lui remplit les yeux de larmes inattendues, de crainte de ne plus être tenue pour la fillette montée en graine qu'elle est. Mais ne craint-elle pas aussi, en son for intérieur, d'être quelquefois méchante, puisqu'elle doute elle-même de sa sincérité, à cause de ces éclairs déments qui, dans son esprit infantile, la font entrevoir tout autre que la jeune fille qu'elle croit être et que tout le monde imagine ?

Dieu, que tout cela paraît clair à Mme Lèuca ! Et loin d'être une satisfaction c'est une souffrance pour elle que ses yeux voient aussi clair et pénètrent aussi profondément en toute chose, avec en plus la certitude de ne pas se tromper. Et là, cette dame Mielli, avec cet air de ne jamais savoir ce qu'elle fait, comme si elle était loin de tout ce qu'elle fait ou ce qu'elle dit, sans s'apercevoir de rien, pour pouvoir dire le cas échéant quand elle est prise sur le fait : « Ah oui ! Oh ! regardez-moi ça ! Moi ? J'ai fait ça ? J'ai dit ça ? »

À la fin, quand ses cinq amies s'en vont, elle se sent si lasse et si triste, Mme Lèuca ! Elle jette un coup d'œil sur les chaises du salon où elles étaient assises, tout de travers maintenant. On dirait que ces chaises vides, déplacées, demandent, éperdues, la raison de leur désordre, ce que ces dames sont venues faire, si elles avaient vraiment besoin de lui rendre cette visite. Bah ! il semblerait que oui, qu'il faut vraiment savoir ce que la vie donne ou comment elle se présente à autrui, et ce qu'on en pense et ce qu'on en dit. Besoin de vivre au-dehors pour satisfaire cette curiosité de la vie d'autrui ou pour remplir le vide de la sienne propre, se distraire des désagréments, des tourments qu'elle nous cause. Histoire de passer le temps aussi. Un malheur est-il arrivé ? Une affaire curieuse ? Quoi donc ? Comment s'expliquer ? On court voir, s'informer. Ah, c'est donc ça ? Mais non, voyons ! Il ne peut pas s'agir de ça. Alors de quoi ? Et quand il n'arrive plus rien c'est l'ennui, le fardeau de la routine. Et l'angoisse de voir, comme Mme Lèuca le voit à cette heure, mourir lentement sur les vitres la lumière du jour.

V

Il avait été établi avec le curé et l'avocat que M. Marco Lèuca ne viendrait jamais seul chez sa femme, et que ses visites — brèves — ne devaient pas s'élever à plus de deux par mois. Tout au contraire, quelques jours après la première le voici encore et seul, de l'air du chien qui prévoit qu'il sera mal accueilli et qui s'attendant à un coup de pied regarde à terre, pitoyable.

Mme Lèuca parvient à dissimuler le trouble que sa contrariété lui cause et le fait entrer à la salle à manger.

À peine assis, il se cache la figure dans ses deux grosses mains et se met à pleurer, sans effet théâtral, cette fois.

Mme Lèuca le regarde et comprend que cette crise de larmes attend pour s'interrompre un mot d'exhortation charitable.

Et puis ?

Non et non. Qu'il soit revenu si tôt et seul et qu'elle n'ait pas refusé de le recevoir, c'en est déjà trop. L'encourager par une bonne parole équivaudrait à admettre que les conditions ne soient plus respectées, à l'habiliter à venir tous les jours et à demander qui sait quoi, en plus.

Non, non. Il faut qu'après avoir cessé de pleurer il trouve lui-même le courage de dire pourquoi il est revenu. La raison. Une raison de fait, s'il en a une.

Mon Dieu ! mon Dieu ! Au bout de deux heures de supplice, Mme Lèuca est comme assommée, toutes les fibres de son être tordues.

Il lui a dit qu'il était venu parce qu'il voulait se confesser. En vain lui a-t-elle répété à plusieurs reprises que c'était inutile puisqu'elle savait, elle savait tout par Me Aricò. Il a tenu à se confesser.

Des turpitudes. Mouillées de larmes d'autant plus répugnantes qu'elles étaient sincères. Et à chacune, en la regardant de certains yeux atroces, il ajoutait :

— Mais ça, tu ne le sais pas !

Et il trouvait l'aplomb de les étaler devant elle avec une impudeur brutale, sûr et certain qu'elle ne pouvait pas en être atteinte puisque l'horreur qu'elle éprouvait l'en préservait, puis aussi parce qu'en les lui étalant sous les yeux, il se plaisait, se plaisait à se montrer encore plus vil pour qu'elle le foule aux pieds, pour que le pied de sa femme l'atteigne dans cette boue :

— Toi... Comme la Vierge Marie... le serpent...

Mme Lèuca reste encore abasourdie par certaines images obscènes de vices insoupçonnés. Justement parce que blessés de ce qu'elles avaient d'offensant, ses yeux ont dû se fixer sur ces images, précises dans leur ignominie. Et elle garde encore sur les joues le rouge de la honte. Maintenant c'est un autre dégoût, un autre, qu'elle se découvre sur les doigts : le dégoût d'un billet de cent lires qu'elle lui a donné à la fin, comme ivre de toutes ces ignominies, et qu'il a pris presque à la dérobée, en le lui arrachant vite vite de la main qu'elle aussi, à la dérobée, lui tendait.

À cette heure, elle se demande si ce n'était pas là le véritable but de cette visite.

Peut-être que non.

C'est elle qui lui a donné cet argent, pour qu'il s'en aille, qu'elle ne le voie plus.

Elle ne voudrait pas en prendre conscience mais il faut pourtant reconnaître qu'explicitement au moins, il ne le lui a pas demandé. Il a dit certes, pour l'émouvoir, il a dit que le peu qui lui restait de son patrimoine, il l'avait légué aux trois fillettes et remis à Aricò afin qu'il verse les intérêts à cette femme pour leur entretien, et qu'il demeurait sans un sou étant donné l'avarice de cette femme, si bien qu'il ne pouvait même pas se payer un cigare, pas même prendre un café quand il en avait envie, debout dans un bar. Et en parlant de ces privations, il s'est attendri jusqu'aux larmes, mais il ne lui a rien demandé ; comment l'aurait-il fait après cette confession dévidée dans l'intention d'excuser son abjection — sinon totalement du moins en partie — en la faisant endosser par cette femme alors qu'il ne s'accusait que de la faiblesse de son propre tempérament si porté à céder à toutes les tentations des sens ? Comment l'aurait-il fait après l'avoir priée à mains jointes, l'avoir suppliée de l'aider, ne serait-ce que d'un simple regard, à combattre cette faiblesse ?

Or, lui avoir donné cet argent ainsi, presque à la dérobée, avoir tenté ainsi cette faiblesse qui demandait au contraire à être combattue, pour se débarrasser de ce spectacle nauséabond, qu'était-ce d'autre qu'une mauvaise action ? Mme Lèuca le sent. Elle se sent aussi de plus en plus dégradée au fur et à mesure qu'elle estime qu'au moment où il a pris cet argent il a peut-être éprouvé la même honte.

Tournée vers une fenêtre, elle observe le soleil qui s'étend sur le vert vif des vastes terrains à vendre que l'on entrevoit de la salle à manger, avec cette rangée de cyprès au milieu et quelques pins, survivants d'une ancienne villa patricienne disparue. C'est l'azur de cette belle journée, si limpide et si pur, qui rit et inonde de lumière la maison silencieuse.

— Mon Dieu ! mon Dieu ! gémit de nouveau Mme Lèuca qui se cache le visage dans les mains. Le mal que l'on fait... le mal que l'on vous fait...

Et le visage encore dans les mains, à cette considération, une image lui revient : celle d'un vieux pasteur anglais si candide rencontré à Atri dans les Abruzzes, l'été où elle était en vacances dans cette vieille pension anglaise qui ressemblait à un château au sommet de la colline. Quelle verdure ! Quel soleil ! Et cette bande de petites filles qui venaient autour d'elle, chaque fois qu'au fond de la petite rue elle s'arrêtait pour admirer les vallées.

— Marzietta di Lama...

Oui, c'était cela, Marzietta. Une de ces fillettes s'appelait Marzietta. Quels yeux ! Perçants. Et ses petits éclats de rire sous un bras levé pour lui montrer une égratignure au nez.

Ah ! pouvoir être mère ! Pas même cela. Pas même ? Ç'aurait été tout, pour elle, si elle avait pu être mère.

Elle examine ses mains, y découvre son alliance, a envie de l'arracher et de la jeter par la fenêtre.

Elle l'a conservée pour indiquer son état civil.

Elle découvre maintenant l'abomination de l'homme qui la lui a donnée, toutes ces abominations qu'il vient de lui avouer, et elle se tord les mains sur ses genoux.

Pourtant, si les sens s'étaient emparés d'elle, s'ils l'avaient entraînée aveuglément par une curiosité perverse et par un élan perfide vers certains abîmes de perdition qu'elle venait d'entrevoir, qui sait si elle n'y aurait pas été précipitée à son tour ?

Mme Lèuca regarde autour d'elle. Les meubles lustrés de la salle à manger se sont comme éloignés, dans l'attente qu'elle retrouve en eux la vie chaste et effacée d'autrefois ; ils sont si loin qu'elle ne les voit presque plus maintenant que sa vie d'avant est assiégée de tout côté, est bouleversée, meurtrie par la violence trouble de ce corps d'homme, venu mettre au défi la solidité de ce qu'elle avait cru édifier jusqu'ici avec tant d'ordre et de propreté, en elle et autour d'elle. Sa conscience, sa maison.

Elle s'est laissé mettre au défi. Mais qui l'a conseillée et poussée, jusqu'où veut-on que sa pitié arrive en s'abaissant jusqu'au contact de cette honte si bien cachée ? Honte commune à tous, et plus encore à ceux qui affichent d'en rester indemnes, parce qu'ils parviennent davantage à se la cacher à eux-mêmes, contrairement à ceux qui l'ont inscrite sur leurs traits, comme ce pauvre monstre-là.

Serait-ce un châtiment pour elle ? Le châtiment de quoi ? Pense-t-on que s'il s'est éloigné de son foyer il y a onze ans pour tomber dans cette abjection, ce soit de sa faute parce qu'elle n'avait pas su le retenir ?

Ce n'est pas vrai. Elle ne lui a jamais refusé ce qu'il pouvait prétendre en tant que mari. Et non pas seulement par devoir, pas seulement pour ne pas lui donner un prétexte facile de s'éloigner. Non. Même au prix d'une peine qui l'a meurtrie au fond de l'âme, étant donné l'obligation cruelle qu'elle s'est faite d'observer la sincérité la plus difficile, celle qui vexe et blesse l'amour-propre ; encore aujourd'hui, elle s'avoue que non et non, son corps ne cédait pas seulement au devoir mais se donnait, tout en sachant que l'excuse de ce devoir n'avait pas grande valeur pour sa conscience qui, aussitôt après, se réveillait, dégoûtée, car depuis un bon moment, amour et estime étaient abolis en elle.

Ce n'est pas elle qui l'avait éloigné, c'est lui qui l'avait fait, lorsque ce qu'elle pouvait lui concéder avait cessé de lui suffire.

Or, indignée, n'a-t-elle pas le droit de demander à qui lui a conseillé ce geste de charité à l'égard de la bestialité souffrante et humiliée, de cette bestialité qui s'est aveuglément laissé aller à la dernière abjection, si cette commisération qu'on lui a présentée comme une épreuve difficile pour son esprit de charité ne serait pas trop facile, si au contraire une autre commisération ne serait pas beaucoup plus difficile : celle qui s'adresserait à ceux qui réussissent à se délivrer de toute bestialité, dans cette vie telle qu'elle est, pleine de misères et de hideurs qui meurtrissent, quand on ne veut pas se donner l'air de les ignorer ou de ne pas les avoir expérimentées en soi-même, comme on le fait si souvent.

Mme Lèuca, qui a su affirmer et maintenir en elle cette délivrance dans son corps et en dépit de son corps, voudrait, au nom de la vie et de toutes ses misères, avoir l'orgueil d'être prise en pitié, elle aussi mais bien autrement ; oui, oui, prise en pitié, et non admirée. Elle en a assez, à la fin, de cette admiration si niaise ! Elle n'est tout de même pas de marbre, pour que cette délivrance ne lui ait rien coûté.

Et pour la première fois, tout l'ordre, toute la propreté de son intérieur l'assomment, oui l'assomment : elle les déteste. Elle branle la tête, se lève d'un bond :

— Quelle hypocrisie !

VI

De cette visite à sa femme, Marco Lèuca est sorti plastronnant, ivre de vanité satisfaite. Et il a l'impression de la tracer, lui, cette avenue entre les arbres et les façades et même de l'élargir à force de gonfler le torse pour respirer. Bon sang ! Le voici tiré d'embarras. Et pour se le prouver, il serre dans sa main fourrée au fond de la poche de son pantalon ce vieux billet de cent lires plié en quatre. Le voici débarrassé des tracas assommants où l'avaient plongé le curé et l'avocat en le poussant dans l'escalier de la rédemption, chez sa femme.

Maintenant il en descend, bien tranquille. Avec ces cent lires, sa femme a comme tiré un trait : elle par ici, lui par là. Rester là, rester là. On ne passe pas de l'autre côté, il ne doit plus passer ; qu'il continue à se vautrer dans son bourbier comme bon lui semble. Ah ! il reprend souffle ! quelle volupté ! mais on a beau se rengorger, il ne faudrait tout de même pas prétendre qu'on n'aura plus besoin de charité !

Cent lires : par conséquent va-t'en boire et saoule-toi !

Il lance des regards autour de lui, des éclairs de folie zébrant ses yeux, un rire impudique sur les lèvres.

Il a rudement bien joué son rôle ! En récompense : cent lires. Presque une lire par larme. Et quel plaisir pendant certaines descriptions, à voir pâlir ces yeux brouillés et pourtant fixes jusqu'à l'effroi, la pauvre, derrière les lunettes au bout du nez. Parce que, bien sûr, certaines choses que l'on ne voit pas vous font horreur mais si on trouve le moyen de vous les montrer, à quoi bon le nier, elles piquent votre curiosité et parfois même si l'envie ne vous en vient pas, la répugnance mise à l'épreuve se contracte, se ratatine comme une viande sur le feu, et réclame que vous la lardiez de pourquoi apeurés, pour en savoir davantage, mine de rien, de loin, sans y toucher. Mains chastes, pauvres petites, que de crispations ! Mais oui, allez, touchez, touchez, risquez un bout du doigt juste pour sentir que cela ne fait pas mal, puis vous l'y laisserez parce que ça vous plaira.

Il ricane et plus d'un passant se retourne pour le dévisager. Ces filles rondelettes, à la fontaine de Sant' Agnese. Mignonnes. Se permettre de les peloter sous prétexte de demander une gorgée d'eau. Mais non. C'est du vin qu'il veut boire, lui, et comme un monsieur dans un café de luxe. Et puis, avec ces filles-là, il n'y a aucun charme. Ce qui le captive, ce sont les autres, aux croupes de cavales, et certains abîmes où le plaisir vous empoigne tout entier, à ne plus pouvoir s'en détacher.

Ici s'arrête l'élaboration que l'auteur avait commencée en automne 1936 et qui l'aurait amené à donner de nouveaux développements à cette œuvre qu'il aimait particulièrement. En effet, on a trouvé trace dans ses papiers, de quelques notes concernant la matière de trois nouveaux chapitres, notes que nous reproduisons ici :

La sortie, après la visite et la confession, avec les cent lires à gaspiller en débauches.

La dégradation, le vin, les femmes, le corps des femmes, les reins de cavale.

Il n'était plus bon à rien.

Celle-là.

Elle s'est sauvée une fois et est revenue ; doutes sur la dernière fille.

La médiocrité de Sandrina et de Lauretta. Elodina, l'orpheline du musicien : rameau délicat, fleur rare.

Nella Trecke chez lui, la séduction sous ses propres yeux.

Elle dit que les petites, qu'elles pleurent ou non, il faut les peigner comme cela. Sinon, avec la poussière et la saleté qui se collent sur la tête...

— Qu'est-ce que ça fait ?

— Comment ! Eh bien, ça en fait !

Alors, il y aurait des larmes tous les matins pour les en débarrasser à force de coups de peigne. Et s'il ne fallait que ça ! Mais il faut si souvent recourir au rasoir. À ce moment-là, elles seraient mignonnes toutes les trois avec leur petit crâne rasé.

Allons, allons, des nattes.

Au moins, Seigneur, si elle ne les serrait pas, si elle ne les serrait pas si fort !

Elles sont si tirées qu'elles tire-bouchonnent sur la nuque des pauvres petites comme deux queues de cochon qu'on aurait attachées au bout avec de la ficelle.

Et puis, badigeonnés d'huile, avec une raie

tendue au cordeau jusqu'à la nuque, les cheveux (et la grande Sandrina en a tellement !) se réduisent à presque rien. Deux petites queues de cochon, exactement.

Comme il conduit Sandrina par la main dans les allées de la Villa Borghèse, il se retourne pour regarder dans le dos de la fillette ces pauvres cheveux raides comme des baguettes de tambour et l'envie lui vient de s'arrêter pour défaire les nattes.

S'il passe par la Villa Borghèse, c'est pour aller plus vite. Il n'a pas voulu prendre le tram pour avoir le temps de prévenir l'enfant et de lui faire ses recommandations au sujet de la visite projetée. Mais le trajet est long, de la via Flaminia où il habite jusque près de Sant' Agnese, et il a peur que s'ils continuent à pied, la petite ne se fatigue trop.

S'il n'y avait que les cheveux, pauvre Sandrina ! Il y a la petite robe, ce chapeau, la culotte qui dépasse de la jupe. Et comme si elle se rendait compte qu'elle n'a aucune grâce, affublée de la sorte, elle se tient comme une petite vieille. Depuis quelque temps, quand il se rebiffe parce qu'il aimerait voir ses petites mieux mises, s'il fait mine par exemple de dénouer les nattes, alors c'est l'éternelle menace :

— Je les embrasse, tu vas voir !

Car depuis quelques mois, il a poussé à sa femme, là sur la lèvre de dessous, comme un petit œuf dur, un bouton qui a grossi petit à petit et qui de violacé tourne maintenant au noir.

Ce n'est sans doute rien. Ne peut rien être, puisque si on le presse, cela ne fait même pas mal. On lui a conseillé de voir un médecin. Mais elle dit qu'elle n'a pas à se soucier de ça. De bien autre chose, malheureusement, elle aurait à se soucier : d'une certaine fatigue qui lui tombe dessus, de ce mal de tête qui ne la quitte jamais, et même de la légère fièvre qui lui vient le soir. Elle sait bien de quoi proviennent ces malaises. De la vie d'enfer qu'elle est condamnée à mener.

Quoi qu'il en soit, par scrupule, elle n'embrasse plus les petites. C'est lui qu'elle embrasse la nuit, exprès, avec des rires rageurs, en prenant sa tête ébouriffée pour qu'il ne puisse pas remuer et qu'elle puisse lui poser sur la bouche ces baisers, tous ces baisers qu'elle veut, là, là ! Car s'il est vrai que le mal est bien ce que ses voisines lui ont laissé entrevoir, elle veut absolument le lui coller là, à la même place. (Elle blague. Blague de mégère mais blague quand même. Car enfin elle n'y croit pas.)

Lui non plus n'y croit pas ou plutôt ne voudrait pas y croire, car il lui semble impossible que la mort se présente ainsi : sous la forme d'un petit œuf sur la lèvre qui ne démange ni ne fait mal, comme s'il n'existait pas. Il ne veut pas y croire non plus parce que ce serait trop de veine. Par conséquent, il rit aussi, de rage froide, en s'adjugeant ces baisers qui voudraient être empoisonnés. Cependant l'autre jour, il s'est arrêté devant la glace d'une boutique pour se regarder longuement les lèvres, y passer un doigt lentement, en tirant dessus pour s'assurer qu'il ne sentait pas de craquelure. Et lui non plus il ne les embrasse plus depuis quinze jours les petites. Tout au plus quelquefois dans les cheveux, la petite, qu'on ne peut pas s'empêcher d'embrasser, avec tout ce qu'elle dit ou qu'elle fait de si joli.

Les deux autres, Sandrina et sa cadette Lauretta sont toujours dans le vague, comme dans l'expectative d'une nouvelle frayeur. Elles en ont tellement eu, des frayeurs, en assistant aux disputes furibondes qui ont lieu à la maison presque tous les jours, sous leurs yeux ; et plus encore, quand leur père et leur mère s'enferment dans leur chambre et que parviennent de là hurlements, crises de larmes, bruits de gifles, de coups, de poursuites, de chutes, d'objets lancés et qui volent en éclats.

Hier soir encore.

En effet, il a la main droite entortillée dans un mouchoir pour cacher une longue égratignure, à moins que ce ne soit une morsure. Et sur le cou, encore plus longue, une autre égratignure.

— Tu es fatiguée, Sandrina ?

— Non, papa.

— Tu ne voudrais pas t'asseoir sur ce banc pour te reposer un petit peu ?

— Non, papa.

— Alors, quand nous sortirons de la Villa et que nous descendrons via Veneto nous prendrons le tram. Mais écoute-moi. Je t'emmène dans une jolie maison. Tu veux bien ?

Sandrina lève les yeux pour le regarder pardessous son chapeau, un sourire hésitant sur les lèvres. Elle a déjà remarqué que son père lui parle d'une voix inaccoutumée, cela lui fait plaisir mais elle ne sait que penser. Elle dit oui de la tête plus que des lèvres :

— Oui.

— Chez une dame que... que je connais, reprend-il. Mais toi...

Et il s'arrête, ne sait comment poursuivre. Sans le faire voir Sandrina est tout oreilles et attend qu'il continue. Comme il ne dit plus rien, elle se lance :

— Comment s'appelle-t-elle ?

— C'est... c'est une tante, répond-il. Mais fais bien attention, à la maison, il ne faudra rien dire, pas seulement à la maman mais aussi à Laura, à Rosina, à personne, personne. Tu comprends ?

Il s'arrête de nouveau pour la regarder. Sandrina aussi le regarde mais baisse aussitôt les yeux.

— Tu comprends ? lui répète-t-il, penché sur elle, d'une voix méchante.

Alors Sandrina s'empressa de dire oui, hochant plusieurs fois la tête.

— À personne.

— À personne.

— Tu sais pourquoi ? reprend-il en se remettant à marcher. Parce que maman avec cette tante... s'est disputée. Gare si elle venait à savoir que je t'ai emmenée chez elle. Tu as vu hier ? Eh bien, ce serait pire.

Et après une autre pause :

— Tu comprends ?

— Oui, papa.

— Ne dis rien à personne, sinon gare !

Après ces recommandations et ces menaces, Sandrina qui remarque l'air sombre de son père n'a plus du tout envie d'aller chez cette dame qui a une si jolie maison. Elle comprend que son père n'y va pas pour lui faire plaisir à elle mais parce qu'il veut y aller, quitte à se disputer avec maman si celle-ci venait à l'apprendre, mais pas de sa bouche certainement. Cependant, si au retour, sa maman lui demande où elle a été ? Dès que cette idée lui saute à l'esprit, idée soufflée par la crainte, Sandrina se tourne vers son père :

— Papa...

— Quoi ?

— Alors, qu'est-ce que je dirai à la maman ?

Son père lui secoue violemment la main puis le bras.

— Rien, rien, je t'ai dit. Il ne faut rien dire du tout !

— Non, mais si elle me demande où j'ai

été ? lui fait-elle observer, plus épouvantée que jamais.

Il se repent de sa violence et se penche sur la petite pour la caresser, tout ému :

— Ma toute belle ! je n'avais pas compris. Mais oui, je te le dirai après, je te le dirai ce qu'il faudra répondre, si elle te demande où tu as été... Allons, allons, fais un petit sourire à ton papa ! Vite ! Ton petit sourire comme celui que tu m'as fait quand je t'ai emmenée voir les marionnettes.

C'est à lui plutôt qu'à l'enfant que son émotion s'adresse : il se trouve d'une telle bonté. Et son cœur se gonfle d'une joie très tendre quand il surprend un sourire ému sur les lèvres d'une dame passant à côté de lui, qui le voit penché plein de prévenances sur la fillette. Et il s'attend à une tout autre récompense, plus grande encore, sur les lèvres de Sandrina, mais celle-ci, bien sûr, lui sourit ou plutôt s'efforce de sourire, pour lui obéir tout simplement et ses petits traits, froids et dolents, demandent à son père de se contenter de ce sourire pâle. Pour ce qu'il veut d'elle, elle n'est capable de rien d'autre.

Elle n'a pas encore dix ans, Sandrina, mais déjà elle pense que c'est à elle seule de se défendre, contre son père pour commencer puis contre sa mère et ses petites sœurs.

Dans le petit visage blême, laid parce que souffreteux, les yeux ne sont pas ceux que désirerait le petit nez retroussé entre eux un peu hardiment : ils sont sérieux et fixes. Et le regard n'est pas toujours gentil quand il s'arrête, fixement, ou quand il se fait oblique à peine un instant, presque à la dérobée.

Il pressent cette secrète hostilité de sa fille et se redressant pour reprendre la marche, une hargne le saisit à l'idée qu'il ne peut s'attendre à rien d'autre de la part de filles d'une mère telle que la leur.

C'est ainsi que ce jour-là, Mme Lèuca voit arriver son mari avec cette petite fille.

Il est encore chagrin de sa bonté mal récompensée, agacé et troublé par le plaisir mesuré que la fillette a manifesté à l'idée de cette visite furtive mais en son for intérieur il ne se repent de rien.

De rien, car il a réfléchi longuement, lui, que ce serait faire le bien de ses trois filles s'il parvenait à les placer sous la protection de sa femme. Si leur maman mourait (mais il n'y croit pas), si un jour ou l'autre — qui sait ? — lui-même venait à disparaître, sa femme, riche, pourrait venir en aide aux fillettes, elle qui vient en aide à tant d'autres. De sorte que s'il a eu tort de les mettre au monde et de les ruiner du moins pourra-t-il dire qu'il a fait quelque chose pour leur avenir.

Toutefois, il craint que cette fin intéressée n'apparaisse clairement à sa femme qui a déjà montré qu'elle soupçonnait que ses visites pouvaient avoir un autre but, à part même le besoin d'un réconfort moral. Et il n'est pas bien sûr qu'elle ne juge pas exagérée cette audace de lui amener chez elle cette preuve de ses erreurs conjugales éhontées.

Il se présente donc, un peu incertain et anxieux. Il tient à prendre les traits d'un mendiant à la porte de sa pitié, de même que sa fillette, mendiante elle aussi. Il se reprend tout de suite en remarquant dans les yeux de sa femme une satisfaction inattendue, le plaisir qu'il soit venu accompagné, alors il ouvre les bras et tout en le dissimulant pousse tout doucement un grand soupir pendant que ses lèvres ébauchent un sourire tremblant.

En effet, Mme Lèuca accueille avec tendresse cette petite qui la regarde de tous ses yeux, l'air égaré. Et elle ne fait presque pas attention à lui.

— Oh ! viens, viens par ici... Comment t'appelles-tu ? Sandrina ? Très bien ! Tu es l'aînée, n'est-ce pas ? L'aînée, très bien... Et tu vas en classe ? Oh ! déjà en quatrième ! Alors, quel âge as-tu ? Tant que ça ! Neuf ans et demi... Tu veux ôter ton chapeau ? Tiens, posons-le ici... Assieds-toi, assieds-toi ici, à côté de moi...

Encore debout et le regardant du même air, elle se tourne vers lui et dit, les yeux de nouveau baignés de larmes :

— Sans doute ne sait-elle pas qui je suis...

Mais Sandrina, les yeux baissés :

— La tante...

— Oh, chérie, oui, la tante..., confirme aussitôt Mme Lèuca qui ne s'attendait pas à une réponse de la fillette, et elle se penche pour lui embrasser une main.

Car elle sait que lorsque les enfants parlent avant d'être habitués à quelqu'un, c'est signe de sympathie.

— La tante ! La tante !

Elle est accoutumée à s'entendre appeler « tante » par plusieurs fillettes, poussées par leurs mamans qui entendent par là prouver leur reconnaissance. Et elle a un certain plaisir, à constater qu'il a pensé à souffler ce même mot à sa fille bien que pour une autre raison.

Alors, puisqu'elle est la tante, il faut que sa petite nièce ait tout de suite, à l'instant, son goûter composé de chocolat et de biscuits, de tartines beurrées nappées de confiture. Là, là, à table, avec des coussins sous elle, pour être aussi haute que ça, comme une grande. Et maintenant, la serviette autour du cou :

— Ça va ?

Et c'est elle qui les beurre, les tartines, et qui les nappe de confiture.

— Et puis, une petite cuillerée sans tartine rien que de la confiture on ne la voudrait pas ? Eh ! il me semble bien que oui.

Sandrina la regarde et sourit, béate d'aise, mais comme si elle ne croyait pas encore bien à la réalité de ce qui lui arrive, de ce qu'elle voit autour d'elle, tellement cela lui paraît beau et nouveau. Pourtant, maintenant qu'elle la voit sourire, Mme Lèuca souffre davantage de la voir dans cette robe si disgracieuse, avec ces petits cheveux si tirés... Ils doivent lui faire mal, pauvre petite ! Et comme Sandrina a fini de goûter, elle l'emmène dans sa chambre pour dénouer les tresses et lui en faire une seule, à moitié seulement grosse et lâche, qu'elle noue avec un joli ruban de satin et laisse le bout flottant. Puis elle lui fait bouffer gentiment les cheveux sur le front pour donner un peu de grâce à ce visage que la joie colore déjà. Quel éclat elle a mis dans ces yeux ! On ne la reconnaît plus, Sandrina. Elle-même, quand elle se regarde dans la glace de cette chambre à coucher, au milieu de toutes ces jolies choses qui se reflètent, paisibles et lumineuses dans ce même miroir, elle-même ne se reconnaît plus.

Tout d'abord, Mme Lèuca ne comprend pas pourquoi le père, au lieu de l'admirer si bien coiffée et toute ragaillardie et de s'en réjouir, se montre presque ennuyé et confus.

Serait-ce possible qu'à la vue de la grâce toute nouvelle de sa fille, aient surgi soudain dans son cœur les sentiments qui l'ont troublée, il y a un moment, alors qu'elle coiffait tendrement cette enfant qui n'est pas à elle ?

Mme Lèuca ne voudrait pas qu'il croie que les attentions qu'elle vient d'avoir pour l'enfant sont comme une manière de lui signifier son regret que cette fillette n'ait pas pu être à elle. En s'occupant d'elle, en savourant la joie de ces attentions elle n'entendait rien lui dire, absolument rien ; elle n'a même pas pensé qu'il attendait de l'autre côté.

Mais peu après leur départ, Mme Lèuca qui s'était mise à la fenêtre non point pour le suivre des yeux dans la rue avec sa fille mais pour admirer les jolies mèches flottant sur les épaules de la petite ne les voyant pas sortir, attend un bon moment puis s'en va par curiosité guetter tout doucement à la porte ce qu'ils peuvent bien faire dans l'escalier ; alors elle s'explique la confusion de son mari et se remettant de son anxiété ne peut pas s'empêcher de sourire.

Elle le découvre assis sur une marche à la moitié de la troisième rampe, en train de natter très serré sur la nuque de la fillette les deux petites queues d'avant. Il a ôté le mouchoir qui lui entortillait la main et Mme Lèuca aperçoit le trait rouge de l'égratignure puis l'autre, plus affreux sur la nuque.

Elle comprend tout. Elle se repent de ce qu'elle a fait sans songer qu'elle pouvait lui causer un gros désagrément. Elle se souvient brusquement des deux bouts de cordon graisseux qui nouaient les tresses de la fillette et qui sont restés sur sa table de toilette. Comment fera-t-il pour nouer ces tresses, s'il parvient à les terminer de ces deux grosses pattes maladroites ? Et les deux cordons, il faut que ce soit les mêmes, s'il tient à ramener la fillette telle qu'elle était sortie, afin de dissimuler sa visite à cette mégère qui le griffe au sang.

Mme Lèuca voit bien que son intervention est nécessaire pour remédier à son méfait. Elle court prendre les deux bouts de cordon dans sa chambre, descend en toute hâte mais résolument les deux étages, tout en lui disant :

— Attends... attends... laisse-moi faire ! Excuse-moi, je n'avais pas pensé... tu as raison... tu as raison...

Et comme il se lève pour lui céder la place, honteux d'avoir été surpris dans ce misérable embarras, elle s'assied sur la marche d'escalier et en un clin d'œil refait les petites tresses. Quand elle se penche pour embrasser l'enfant, elle se sent prendre furtivement une main et avant d'avoir le temps de la retirer, elle perçoit avec dégoût le contact des moustaches et des lèvres de son mari.

Un long moment, Mme Lèuca, remontée dans sa salle à manger, se frotte cette main.

Vingt jours passent, passe un mois, Mme Lèuca ne voit plus son mari revenir.

Elle a attendu qu'il lui amène les deux autres fillettes comme il l'avait promis. Peut-être leur mère a-t-elle été mise au courant de ces visites : elle lui aura fait des scènes et l'aura empêché d'amener les deux autres ?

Elle suppose qu'il a peut-être honte de venir seul, après cette promesse ; elle suppose qu'il pourrait être malade ou que l'une des fillettes est souffrante à moins que ce ne soit cette femme ; elle suppose qu'il s'est senti par trop humilié, ainsi surpris dans l'escalier, les tresses de la pauvre enfant entre les mains (elle en sourit encore de pitié, Mme Lèuca), à moins qu'il ne se soit aperçu de son dégoût quand elle a retiré si violemment sa main...

Elle fait tant de suppositions, Mme Lèuca. Ses amies de l'œuvre de bienfaisance qui viennent la voir ces jours-là observent comme ça, mine de rien, qu'elle en fait peut-être trop. Mais si, comme elles le pensent, c'est une peine pour elle que de recevoir son mari même pour une brève visite de temps en temps, elle devrait se réjouir de ce qu'il ait espacé ses visites qui à vrai dire étaient devenues quelque peu fréquentes et, à ce qu'il paraît, pas si brèves que ça non plus.

À la fin, Mme Lèuca s'aperçoit elle-même qu'elle fait trop de suppositions, et il lui faut bien reconnaître qu'elle est très curieuse de savoir pourquoi il ne vient plus, sans pour autant avoir le moindre doute sur la nature de sa curiosité. Elle voudrait le savoir pour lui et non pour elle, c'est-à-dire s'il lui est arrivé quelque chose de fâcheux, et non pas parce que le fait qu'il ne vienne plus pourrait lui faire mal à elle.

Ni mal, ni bien. Désormais, tout est loin. Même les choses les plus proches. Il suffit qu'elle les sente vivantes un instant pour qu'elles lui apparaissent lointaines. Cette curiosité présente... Comme si un jour, il y a de nombreuses années, elle l'avait ressentie... Elle a beau accepter, accueillir n'importe quelle souffrance, se tordre dans des affres d'angoisse, elle ne perd jamais la faculté de ne pas se sentir vraiment affectée là où sa pensée est comme indemne de tout ce que la vie peut apporter de souffrances et de tourments.

Et voici qu'un jour, au lieu de son mari, c'est l'avocat Aricò qui arrive en compagnie du vieux curé de Sant' Agnese.

Plus de doute, il lui est arrivé quelque chose.

Quoi ?

Bah ! ils se demandent si c'est une chance ou un malheur. La femme est morte. Cette femme.

— Morte ?

Oui, brusquement, en trois jours, d'une pneumonie. Mais si cette maladie ne l'avait pas prise à l'improviste elle était tout de même condamnée, car le médecin accouru lui avait trouvé depuis plusieurs mois un chancre à la bouche.

À cette nouvelle, Mme Lèuca se rembrunit. Elle demande au curé et à l'avocat s'ils étaient au courant du mal qui menaçait la femme, quand ils lui avaient proposé d'accorder charitablement ces visites à son mari.

Les deux hommes protestent que non, le prêtre devant Dieu, l'avocat Aricò, comme si cela ne suffisait pas, sur son honneur.

— Et lui ? demande alors Mme Lèuca.

— Quoi, lui ?

— Le savait-il ?

— Oh ! bien oui. — L'avocat est forcé de l'admettre, en se tortillant un peu sur sa chaise. — Il dit que oui... il en... il en avait vaguement le soupçon, lui... Vaguement, quoi ! qu'il dit.

Le vieux curé lance un regard à Mme Lèuca, fronce les sourcils et demande :

— Vous supposez qu'il avait prévu cette mort et agi en conséquence. Je ne crois pas.

— Oh ! monsieur le curé, s'écrie Mme Lèuca, je vous en supplie, ne me dites pas cela. Si vous saviez quelle humiliation c'est pour moi ! Je n'ai tout de même pas besoin qu'on débarbouille un enfant malpropre pour que je lui fasse la charité, croyez-moi. Je vous demande pardon : vous m'estimez bien peu, monsieur le curé.

— Mais non, mais non..., essaie de protester le vieux curé en souriant mais en rougissant.

— Mais si, mais si ! poursuit Mme Lèuca. Bien peu d'estime.

Le vieux prêtre, la voyant prendre feu de façon si insolite se fait grave :

— Attention au péché d'orgueil, chère madame.

— Moi ?

— Vous, oui. Il y a tant de façons, voyez-vous, de pécher par orgueil. Par exemple, si par un soupçon de ce genre vous dégradiez trop l'objet de votre charité, vous imaginant par là rendre celle-ci plus méritoire aux yeux de Dieu, ou plutôt devant votre conscience, qui commencerait, par ce seul fait, à devenir, croyez-moi, quelque chose de tout différent.

— Ma conscience ?

— Oui, madame.

— De différent de Dieu ?

— Oui madame, je vous avertis. Depuis un moment, depuis un moment, je le remarque en vous, à mon grand regret. Nous disons donc... cette volonté exagérée de voir les raisons... en y mettant trop d'inquiétude, c'est bien cela... gardez-vous-en.

Se repentant déjà de sa riposte, Mme Lèuca baisse douloureusement la tête et se prend le visage dans les mains.

— Oui, c'est vrai, monsieur le curé, murmure-t-elle. Je suis comme cela... comme cela...

À ce moment le petit avocat, que les propos qui n'en viennent pas aux faits mettent sur des charbons ardents, d'autant plus que trop discuter, d'après M. le curé, équivaut à s'éloigner de Dieu, essaie de reprendre :

— De sorte que, madame...

— Non, attendez, maître, dit brusquement Mme Lèuca en se tournant vers lui et découvrant un visage troublé. C'est sans doute très mal, c'est certainement mal, monsieur le curé, ce que vous me reprochez et je vous en remercie. Mais il ne s'agit pas d'orgueil croyez-moi. Loin de là, je dirais même...

— Dégrader l'objet de sa propre charité...

— Non, moi, voyez monsieur le curé, si j'ai eu une mauvaise pensée, c'est plutôt par plaisir de m'humilier. Et je crois préférable, en tout cas, que l'aide lui vienne d'une femme qui en cette circonstance serait plus à blâmer que lui, s'il était vrai qu'il n'a pas eu cette pensée. Peut-être ne sais-je pas m'exprimer clairement. Ce que je voulais vous dire, c'est qu'au cas où il se serait rapproché de moi en prévoyant la mort prochaine de cette femme, moi, en l'apprenant, je ne me serais pas dérobée et j'aurais fait pour lui et pour ses enfants tout ce qui m'était possible... Attendez, attendez, laissez-moi parler. N'allez pas penser que ce soit pour rendre plus méritoire mon acte de charité, lui le payant de son avilissement. Loin de là ! Cela m'aurait même paru plus naturel, plus humain, plus compatissant aussi. Sans aucune apparence de... de sublime... de fausse noblesse d'intentions... Mais comme cela, voilà... Parce que... Parce que nous sommes ainsi faits... Et s'il n'a pas été cet homme-là, tant mieux pour lui ! C'est cela que je tenais à vous dire.

— Par conséquent..., se hasarde à dire Me Aricò voyant que M. le curé satisfait de l'explication se remet à sourire, et approuve à plusieurs reprises.

Malheureusement, il n'a pas de chance. Brave personne, cette Mme Lèuca. Une grande noblesse d'âme, mais assommante pour quelqu'un qui a tellement à faire ! La voici qui se tourne pour lui répéter :

— Non, attendez, je vous en prie, maître !

Qu'a-t-elle encore à dire ? La voilà qui veut, maintenant, renoncer entièrement au mérite de la charité. Seigneur ! Ce curé, qu'il a été mal inspiré en l'accusant d'orgueil... Écoutons, écoutons. Elle dit que ce ne serait pas de la charité mais un plaisir que de prendre chez elle, de soigner, d'élever ces trois fillettes, de leur servir de maman... Parfait ! Eh bien, ça suffit. Puisque ce sera un plaisir... Cela dépasse de loin à quoi ils s'attendaient, M. le curé et lui. Remercier puis s'en aller : c'est tout ce qui leur reste à faire, lui semble-t-il.

Que non ! que non ! Tout doux, tout doux. Le tourment.

Mme Lèuca désirerait savoir combien elle paiera, d'après eux, ce qui sera un plaisir pour elle, c'est-à-dire servir de maman à ces trois petites.

Me Aricò écarquille les yeux et se met en colère quand il remarque que le curé a l'air de comprendre le sens caché de la question de Mme Lèuca et de se trouver devant un cas de conscience qu'il n'avait jamais envisagé, en proposant à cette dame d'accueillir ces trois orphelines comme l'extrême concession possible.

C'est qu'il y a aussi le mari, en plus des trois fillettes. En se voyant accueillir de nouveau à la maison, en se remettant à vivre à son côté, sous le même toit...

— Bien sûr, bien sûr, s'écrie Aricò en se grattant la nuque d'un doigt. Mais je causerai avec lui, madame, n'en doutez pas ! Et M. le curé aussi ! Il ne pourra tout de même pas attendre de vous l'impossible.

— Alors ? lui demande Mme Lèuca pour lui couper la parole.

— Alors quoi ?

— Maître, vous aurez beau causer avec lui tant que vous voudrez, vous n'arriverez jamais à le changer. Nous savons ce qu'il est, mon Dieu, et il faut le prendre tel qu'il est. Il vous promettra, il jurera, à tous les deux... Puis... Et puis le moment viendra où il ne tiendra plus compte de sa promesse. Alors, étant donné mon impossibilité absolue... absolue... Et c'est pour moi que je parle, faites bien attention, pas pour lui !

— Comment, pour vous ?

— Pour ma responsabilité, maître. Parce qu'il faut que je prévoie dès maintenant ce qui arrivera certainement, sachant comme je le sais quel homme je reprends chez moi. Vous verrez qu'il me laissera les petites et qu'il s'en ira, en disant que c'est de ma faute, que je lui ai ouvert la porte de mes propres mains pour le rejeter à sa vie d'autrefois !

— Mais pas du tout, madame !

— Ne niez pas si vite. Vous verrez que cela se passera tel que je le dis à présent.

— Eh bien tant pis pour lui ! Vous faites déjà plus qu'il ne faut en vous chargeant de ces enfants. S'il veut continuer à agir en... (pardonnez-moi, j'allais lâcher le mot) responsable, ce ne sera donc pas vous mais bien lui.

Mais Mme Lèuca ne regarde plus l'avocat qui tient ces propos, elle regarde le vieux curé qui se tait.

Et dans ce silence, Mme Lèuca voit la certitude que le vieux prêtre ne pense plus que par sa façon de trop vouloir connaître les raisons et d'y mettre un excès d'inquiétude, sa conscience s'éloigne de Dieu.

Cela veut dire que Dieu l'inspirera, et que pour le moment — ce moment qui est déjà loin, très loin d'elle — il faudra remettre la conclusion à la vie. À la vie, telle qu'elle a toujours été et sera toujours.

Adieu, silence de miroir, ordre, quiétude, propreté.

L'appartement de Mme Lèuca est sens dessus dessous pour accueillir plus d'invités qu'il ne le pourrait, quatre nouveaux invités qu'il faut trouver à loger en démontant et disposant autrement les pièces, en supprimant salon et garde-robe, en entassant et même en descendant à la cave quantité de meubles qui seront peut-être revendus afin de mettre à leur place les trois petits lits et d'autres meubles qu'on achètera pour les chambres à coucher, lesquelles, au lieu de deux (celle de la domestique comprise), vont être au nombre de cinq, maintenant.

Mme Lèuca cédera la sienne, la plus grande, aux trois fillettes ; elle couchera dans la petite pièce à côté où se trouvait le salon, en renonçant à la grande armoire à trois glaces, qui n'y entrerait pas. Quant au mari, il faudra qu'il se contente de la garde-robe, la plus grande après celle des fillettes, quoique un peu sombre.

Mme Lèuca n'éprouve ni regrets ni amertume en renonçant à ses commodités et en sacrifiant tant d'objets aimés. Elle est même de bonne humeur au milieu du désordre des pièces qui donnaient une telle impression de solitude quand elles étaient en ordre et qui du seul fait d'être en désordre semblent regorger de vie.

Certes, arrangées ainsi à la diable, ces pièces ne lui semblent guère agréables. Pourtant, elles lui procurent un plaisir curieux, car dans l'agencement nouveau, obéissant à la nécessité et à l'espace disponible des objets anciens et nouveaux, elle voit se dessiner, prendre consistance l'image de la nouvelle vie de l'appartement. Ces objets posés ainsi pour le moment commencent à la lui évoquer, comme s'ils soustrayaient peu à peu son esprit à l'incertitude qui s'y agite encore pour la lui montrer telle qu'elle sera — ceci ici cela ailleurs — même si posés de la sorte, ils ne sont sans doute pas placés comme elle le souhaiterait. Il faut se faire une raison.

Néanmoins elle peut déjà imaginer ce qu'elle

fera, comment elle vivra dans ces pièces qui lui semblent nouvelles du fait des occupations qui y verront le jour.

Et entièrement neuf au moins, elle a voulu le mobilier de la chambre des fillettes, dont elle a choisi en personne tous les éléments, passant des demi-journées d'un magasin à l'autre : les trois petits lits blancs, laqués (elle les aurait aimés en bois. Hélas, s'il s'était agi d'un seul ! Mais trois, c'était trop cher, car il faudra songer à économiser sur tout dorénavant). Blanc aussi le reste du mobilier, en laqué blanc : les deux commodes et l'armoire à glace, les chaises et les deux petits bureaux avec une tirette d'un côté, pour les deux grandelettes qui vont à l'école (peut-être n'est-ce pas prudent, des meubles blancs, elles risquent de les tacher d'encre tout de suite, mais elle se propose de leur apprendre à tout faire comme il faut et de les surveiller constamment toutes les deux quand elles feront leurs devoirs, non pas de peur qu'elles tachent leurs bureaux mais pour qu'elles fassent leurs devoirs convenablement), et puis les descentes de lit roses, roses aussi le rideau de la fenêtre ainsi que les couvre-lits. Blanche et rose, donc, toute la chambre.

Ce vieux cricri antipathique d'Aricò dit : trop de frais ; on pouvait faire des économies en transportant de chez le mari tous ces meubles : lits, chaises, petites tables pour le père et ses filles. Pas du tout ! Rien ici, pas même un clou de cette maison de là-bas.

Eh ! mais si c'était une répugnance qu'elle soit seule à éprouver ? Au contraire, si son mari et les petites avaient plaisir à avoir autour d'eux quelques objets de leur ancienne maison ?

Ce n'est d'ailleurs pas Aricò qui lui souffle cette réflexion : c'est elle en personne, qui en fait toujours tellement ! Alors, sans réfléchir davantage, elle va voir cet appartement, à l'entrée de via Flaminia, accompagnée par Aricò.

— Comment ? Maintenant que vous avez fait tous ces frais ?

— Il y a peut-être quelque chose qu'ils aimeraient bien conserver ?

Les voisines, les relations et les amies de la morte se mettent sur le pas de leurs portes ou courent aux fenêtres, au moment où elle descend de voiture devant le portail disloqué, grande et droite, élégamment mise, voilette baissée. Et que de commentaires — et de quel genre ! — quand à peine entrée dans le vestibule, elle prend l'escalier de droite qui mène à une terrasse ou plutôt à un balcon où donnent les deux portes-fenêtres des chambres, situées sur le devant.

— Oh, tu as vu ? Elle a les cheveux tout blancs.

— Oui mais jeune tout de même ! Quel âge peut-elle avoir ? Dans les quarante ans.

— Eh ! quelle femme distinguée !

— Pour ce bestiau-là !

— Pourtant, vous voyez, elle vient le reprendre.

— Ben, ça veut dire qu'il lui sert encore.

— Pour moi, que veux-tu que je te dise, une femme qui porte lorgnon...

Est-ce parce qu'elle arrive du dehors ou que la journée est sombre, Mme Lèuca ne parvient pas à discerner quoi que ce soit quand elle passe de ce balcon dans la première pièce. Son cœur se serre en songeant qu'il en est réduit à vivre dans une maison pareille, et son angoisse mêlée de dégoût s'accroît dès que ses yeux commencent à distinguer la misère, le désordre, la saleté... On sent, dans un certain relent persistant de fleurs fanées et de médicaments, que la mort vient de passer par là.

Mais où est-il, lui ?

Sandrina qui est venue ouvrir en jupon, dépeignée, ses petits bras maigres tout nus, répond, encore tout éberluée par la visite inattendue de la jolie « tante » à la maison riche qui brille, que son papa est là, qu'il s'est jeté sur son lit, et qu'il y a la couturière.

— Ah ! très bien ! fait Mme Lèuca qui relève sa voilette en se baissant pour embrasser la fillette. La couturière, tu dis ? Allons, allons Sandrina. Tu es contente, ma chérie, que la tante soit venue ? Oui n'est-ce pas ? ma pauvre petite ! Oui, oui, la tante est ici. Il vaudrait mieux que je la voie, cette couturière. Elle vous prend vos mesures ?

— Non, elle a déjà fini.

— Quoi ? Déjà ?

Et Mme Lèuca tenant Sandrina par la main s'achemine dans l'autre pièce au fond, mais le voici, lui, qui vient de sauter à bas du lit, encore ébouriffé, la chemise ouverte sur une poitrine velue, un vieux veston noir enfilé juste en ce moment à toute vitesse.

— Toi ici ? Vous aussi maître ? Oui, la couturière est ici. Pour... pour les robes de deuil... Viens, viens...

Il a le cœur gros, grosse la voix, et il affecte un grand empressement, peut-être pour cacher son trouble et le choc qu'il vient d'avoir ; peut-être aussi pour ne pas donner le temps à sa femme de constater la misère de l'intérieur, le désordre de sa honteuse intimité.

Mais avant d'aller voir ces trois pauvres petites robes de deuil (qui seront certainement ratées, cousues si vite) elle tient à faire connaissance avec les autres fillettes.

Oh ! mais regardez, regardez cette petite, quel amour ! en brassière, ces petites jambes dodues toutes nues, qui lève son bras et ramasse derrière sa nuque ces jolies boucles si noires, emmêlées ! Dieu, quels yeux ! Est-elle sauvage ?

— Rosetta ? Elle s'appelle Rosetta ? Quel amour !

Sandrina corrige :

— Non, Rosina.

Rosina ? Rosetta serait mieux pour ce petit chou ! Mais ni Rosina ni Rosetta, à vrai dire, car elle est brune, très brune, avec de grands yeux sombres qui vous transpercent, grand Dieu, ces yeux ! et cette petite bouche, un bouton de rose, et ce petit nez qui ne semble pas même...

— Cinq ans ? Oh, pas encore !... Alors non, pas de robe noire... Blanche, avec une jolie ceinture en soie noire. Elle y songera à la maison.

— Et celle-ci, c'est Lauretta ?

La question qui se voudrait pourtant affectueuse sort de ses lèvres froidement car cette Lauretta, c'est comme une seconde Sandrina, non point telle quelle, bien sûr, mais avec ce même air navré, ces mêmes yeux fixes et graves, ce petit visage pâle plutôt allongé et ces cheveux plats.

Impossible de ne pas remarquer immédiatement que les deux plus grandes n'ont rien, absolument rien de commun avec la plus petite, née plusieurs années après. Car Lauretta a déjà huit ans et trois mois, ce qui veut dire un an et quelques mois de moins que Sandrina.

Mme Lèuca repousse un soupçon qui surgit spontanément, sachant, hélas, quel genre de femme était leur mère, quelles scènes de jalousie éclataient entre eux. Elle le repousse parce que cette femme est morte ou bien parce qu'elle sait qu'il préfère cette petite aux deux autres.

Et pour le dissimuler aussitôt qu'elle l'a

conçu, elle se met à discuter avec la couturière au sujet de ces petites robes mal coupées et mal cousues, puis avec son mari sur le but de sa visite. Il n'y a rien à emporter : il est d'accord avec elle d'emblée : il n'y a qu'à liquider ou à partager tout cela dans le voisinage.

À part ses vêtements et son linge et celui des petites qui est en meilleur état.

En s'approchant d'une commode pour s'assurer s'il convient de laisser le linge des petites, ni fin ni joli d'ailleurs comme elle le rêve, Mme Lèuca surprend un geste de son mari immédiatement réprimé comme s'il voulait la retenir. Elle ne tarde pas à comprendre pourquoi. Sur la commode, il y a le portrait de la morte dans un vulgaire cadre de cuivre. Elle fait semblant de ne pas le voir, dit à son mari qu'on a encore le temps de choisir la lingerie que l'on conservera et que pour le reste, en tout cas, elle pensera à en faire la charité.

Elle demande à Sandrina si cela ne lui ferait pas plaisir de venir avec elle le soir même.

Sandrina répond tout de suite que oui, en battant des mains. Mais Lauretta dit qu'elle aussi voudrait bien venir. Alors, pourquoi pas la petite ? Toutes les trois avec elle, dès ce soir : la chambre, là-bas, est prête.

Eh ! mais la petite, non. La petite ne se détache pas de son père. Sans son père, elle ne viendra pas. Et lui, mieux vaut qu'il reste ici quelques jours encore pour liquider son triste passé.

De sorte que ce soir-là, Mme Lèuca rentre chez elle avec les deux fillettes en noir.

— Voici votre chambre, elle vous plaît ?

Elles sont si éperdues d'admiration, Sandrina et Lauretta, qu'elles n'arrivent même pas à répondre oui.

— Toi, tu coucheras ici, dit-elle à Sandrina, et Lauretta là, Rosina entre vous deux, dans ce lit plus petit.

Puis elle leur montre les petits bureaux où elles étudieront et elle en adjuge un à chacune.

— Avec la tirette, oui. L'autre aussi en a une, ils sont pareils. Et il y a un autre petit tiroir, tout petit, sous la tirette.

Elle ajoute que dorénavant elles iront en classe dans une école toute proche, via Novara, et qu'elle leur demande d'être toujours soigneuses, studieuses et bien élevées.

Quant aux robes, il faut qu'elles gardent celles qu'elles ont, ensuite elles en auront de toutes neuves et de plus jolies pour sortir, puis d'autres pour la maison ainsi que des tabliers ; tout cela bien en ordre.

Entre-temps, elle les lave à fond, les repeigne ; elle leur montre la maison, là où leur papa couchera, où elle-même couche, enfin, elle les fait asseoir à table pour souper.

Peu à peu, il faudra leur apprendre une foule de choses, à ces petites. Mais ce soir, mieux vaut les laisser faire à leur guise. Elles semblent sous un enchantement. Elles ne savent ni prendre leur verre ni tenir les petits couverts achetés exprès pour elles. Elles apprendront petit à petit. Et de son côté elle apprendra à éviter que l'indulgence que lui inspire la pitié ne devienne exagérée et nuisible.

Une fois le dîner fini, elle les garde encore un peu. Elle aimerait savoir tant de choses ; cependant elle ne concède aucune question à sa curiosité. Elle cherche simplement à faire parler Lauretta qui ne cesse de fixer son regard sur la bouche de Sandrina, laquelle tient à montrer à sa sœur qu'elle a déjà quelque familiarité avec la « tante » puisqu'elle est déjà venue. Mais à chaque incitation, Lauretta se tourne vers Sandrina dans la conviction que ce soir ce n'est pas à elle de répondre.

Ce sera pour demain.

Quand elle les met au lit elle apprend qu'elles n'ont même pas l'habitude de faire leur signe de croix avant de se coucher. Elle leur dit, gentiment, qu'il leur faut le faire, ce signe de croix, et les décide à répéter avec elle une brève prière. Si bien qu'elle obtient, mais après une longue insistance, d'entendre la voix de Lauretta qui a refusé jusqu'ici d'ouvrir la bouche.

Elle éteint la lumière et les laisse toutes seules dans leur chambre. Si ce n'est que peu après, tendant l'oreille à la porte pour s'assurer qu'elles dorment, elle les entend se chamailler à voix basse mais violemment, et comprend que Lauretta est sautée à bas de son lit pour aller dans celui de Sandrina qui la repousse. Ciel ! De vraies commères qui s'empoignent ! Sans aucun doute elles se tirent les cheveux et elles s'envoient des coups de pied ? Que faire ? Ouvrir ? Les surprendre ? Peut-être vaut-il mieux s'abstenir ? Car si cela se passe si doucement pour ne pas se faire entendre c'est qu'elles éprouvent une certaine retenue. Pourtant, ce serait bon de savoir pourquoi elles se disputent. Peut-être Lauretta a-t-elle peur de coucher seule ? À moins qu'elle ne soit pas contente d'une réponse que Sandrina a été obligée de faire pour elle ?

Enfin les voici calmées. Lauretta retourne dans son lit sur la pointe des pieds. Mais maintenant, Sandrina pleure sous ses couvertures.

Mme Lèuca réfléchit longuement ce soir-là et se demande ce que ces petites filles ont déjà de plus que les autres à qui elle venait en aide, ce qu'elle ne pourra plus faire dorénavant.

Presque toutes les autres avaient certainement beaucoup plus besoin de son aide que ces enfants, pourtant, elle n'aurait jamais dépensé autant, mieux encore l'idée ne lui serait jamais venue d'accueillir l'une ou l'autre, modestement, fût-ce pour en obtenir un service. A-t-elle donc accueilli celles-ci parce qu'elles sont à lui ? (Et qui sait ? Une d'elles, pas même, peut-être...) Non... pas pour lui. Elles les a accueillies pour elle, pour remplir sa vie, avec tous les soucis et les désagréments qu'elles lui causeront. Et pas seulement elles, bien sûr...

Voilà où l'a menée la charité si difficile qu'on lui demandait ! À se la faire à elle-même, cette charité, au détriment de tant d'autres petites abandonnées, auxquelles elle ne pourra plus songer à présent.

Mais non, cela non, il ne le faut pas !...

S'il n'est plus possible de considérer ses autres petites protégées comme les deux qui dorment de l'autre côté, à cette heure, qui sont devenues siennes, quel remords ce serait de ne plus rien faire pour les premières, au moins pour quelques-unes... Cette petite si maladive de via Reggio, grand Dieu, et l'orpheline de via Alessandria, Elodina, impossible de ne plus leur venir en aide, de les abandonner à leur misère noire, alors que pour celles-ci tout ce blanc et ce rose des petits lits, des meubles laqués, des descentes de lit et des dessus-de-lit, et le plaisir qu'elle éprouve déjà à imaginer ses emplettes de linge fin, de chaussures élégantes et le soin qu'elle prendra pour qu'elles soient bien mises, gracieusement même. Non, non. Ce serait trop. D'ailleurs pourquoi ? Qui sont-elles à la fin ?

Pourra-t-elle vraiment se complaire aux éloges que l'on fera de sa générosité qui a consisté tout d'abord à dominer ressentiment et dégoût, après cette ignoble blessure faite à son amour-propre de femme qui n'a pas pu être mère, et à accueillir les trois filles de son mari avec une autre ? Une femme de cette espèce ? Non. Elle n'a pas été poussée par la générosité, et de telles louanges l'indigneraient ; plus encore, à la pensée qu'on puisse lui en adresser, le remords de ce qu'elle a fait ne cesse de croître.

En effet, en bénéficiant de cette prétendue générosité, les trois petites en viendraient à profiter insolemment de l'indignité de leur mère, de la faute de leur père, « généreusement » pardonnées. Alors qu'elle n'a rien pardonné du tout, Mme Lèuca, n'ayant rien eu à pardonner puisqu'elle n'a pas plus souffert du mal que lui a fait son mari que de tout autre mal qui ne la touchait pas directement, le mal que tout le monde fait inévitablement, en cherchant à vivre, le mal qu'elle-même est en train de faire à toutes ces pauvres petites en accueillant en elle, plus profondément que la leur, l'existence de ces trois fillettes tout aussi étrangères à elle et certainement moins malheureuses.

Et ce mal, maintenant, il faudra le payer.

Dans le silence, tout à coup (il doit être tard) le tic-tac lent et saccadé de l'horloge se rappelle vivement à elle. Le vide de son silence d'avant. Et une fois de plus, et peut-être plus anxieusement que jamais, elle voit s'estomper, inconsolée, chacune de ses pensées, inconsolée chacune de ses besognes, inconsolée chaque image de vie.

Et voilà qu'au loin dans l'ombre, le miroitement de ce vulgaire cadre en cuivre dessine à ses yeux le portrait de cette morte, là-bas, sur la commode... Et les voisines qui se précipitent pour la voir descendre de voiture...

Que peut-il faire, lui à cette heure, tout seul dans cet affreux appartement avec la dernière-née ?

Qui sait pourquoi, elle l'imagine devant ce meuble, la petite dans ses bras, en train de regarder le portrait de cette morte qu'elle n'a pas pu connaître.

La faute, c'est d'avoir gravi jusqu'en haut une montagne si élevée. Et non pas par orgueil de s'élever... Il s'agit bien d'orgueil ! Cela pourrait aussi bien être une condamnation ou le destin.

Et maintenant — cela va de soi la glace et le silence des cimes ! Voir toute chose petite et au loin, forcément voilée, empreinte de la tristesse isolante d'une brume qui de près, en bas, n'existe peut-être pas mais que l'on voit de loin et de haut, puisque c'est la hauteur et l'éloignement mêmes qui la créent.

Trois jours après, son mari arrive avec la petite cramponnée à son cou comme une chatte sauvage apeurée qui ne veut pas qu'on l'arrache de là.

Furieux, car cette petite sauvageonne l'a empêché d'apporter, une à chaque main, les deux vieilles valises où il a entassé tout ce qu'il a cru possible de faire passer sans trop d'humiliation de son intérieur détruit dans celui de sa femme, il accueille sans joie les débordements d'affection et de joie de Sandrina et de Lauretta et n'a pas un regard pour s'apercevoir qu'en trois jours elles sont presque nées de nouveau.

Les deux petites qui s'attendaient à des transports d'admiration devant leur maintien et leur propreté, si bien coiffées, dans ces tabliers noirs tout neufs à revers de dentelle blanche à l'encolure et aux poignets, avec la ceinture, les chaussettes fines et les petits souliers neufs, sont profondément déçues et presque froissées.

C'est bien un hasard s'il ne jure pas, leur père que les bras de cette vilaine Rosina étouffent, à force de lui serrer le cou. À la fin, comme il ne parvient pas à la forcer de desserrer son étreinte, pris de fureur, il la détache violemment de lui et (tant pis pour elle) la flanque sur une chaise en criant :

— Ne bouge pas et tais-toi, sinon gare à la fessée !

Mais l'enfant, en pleine crise de nerfs, se roule par terre en hurlant, gigote de toutes ses forces, la figure dans les bras, les mains dans les cheveux pendant qu'il s'en va à la fenêtre, exaspéré, furibond :

— Je n'en peux plus ! je n'en peux plus !

Et se tournant vers sa femme il ajoute :

— Depuis seize jours comme ça, agrippée à moi jusqu'à m'étrangler.

Et comme la petite accourt vers lui à quatre pattes, une vraie petite bête hurlante :

— Tu vois ? Tu vois ?

Et il lève la jambe à laquelle la petite fille est venue s'accrocher.

— Il n'y a pas de quoi rire, s'écrie Mme Lèuca aux petites filles. Vous n'avez pas honte, pendant que votre petite sœur pleure ! Allez donc plutôt chercher les jouets que nous lui avons achetés hier...

Entre-temps le père s'est penché pour la reprendre dans ses bras :

— Écoute, écoute, des joujoux, des joujoux...

Alors les larmes de la petite secouée encore de tremblements s'arrêtent, mais quand Sandrina et Lauretta reviennent avec les jouets, aux premiers sons que Lauretta tire des deux petites cymbales en laiton d'un pantin rouge qui ouvre et referme les bras, elle fourre de nouveau la tête sous le menton de son père pour ne pas voir, ne pas entendre et recommence à gigoter, de nouveau au bord des larmes.

Mme Lèuca a l'impression que cette enfant ainsi cramponnée à son père est une sorte de condamnation que cette femme lui a léguée : ne plus pouvoir se détacher, ne plus pouvoir respirer en dehors de tout ce qu'elle a été pour lui : misère, abrutissement, esclavage.

Et elle prévoit qu'elle n'aura elle-même aucun pouvoir sur ce petit être, peut-être jamais, car ces petits cheveux crêpés trop noirs, comme enduits de graisse semblent sauvageusement imprégnés du vice dont elle est née de même que les yeux trop profonds et perçants et le sang trop sauvage qui coule dans ses veines.

Elle n'essaie même pas de s'approcher pour essayer de la détacher de son père et la décider à jouer avec ses sœurs, certaine qu'elle n'y parviendrait pas, qu'elle aggraverait même la situation.

Elle emmène le père dans la chambre qu'elle lui a préparée, en ayant l'air de s'excuser qu'étant donné l'appartement elle ne pouvait pas mieux le loger mais elle s'aperçoit aussitôt que cet air-là ne se justifie pas et cela lui produit un effet curieux qu'il lui réponde en effet, les sourcils froncés :

— Mais non, mais non, que dis-tu là ?

Les sourcils froncés, presque à son insu ; car il a remarqué le lit à une place alors qu'il a toujours dormi jusqu'ici dans un lit à deux places. Et il ajoute en indiquant la petite encore à son cou :

— Et pour cette pie-grièche ?

— Pour elle, il y a un petit lit par là ! s'empresse-t-elle de répondre. Au milieu, entre ses deux grandes sœurs. Viens, je vais te le montrer.

Il reste dans l'émerveillement, à la vue de la jolie chambre blanche et rose, des trois petits lits, émerveillé et ému ; peiné aussi car il a honte de le dire, mais depuis que l'autre est morte, la petite est restée avec lui même la nuit dans le grand lit, à la place de sa mère, et sans doute ne sera-t-il pas possible de l'obliger à dormir toute seule, dans ce petit lit.

— Nous verrons bien ce soir, répond Mme Lèuca. Si nous réussissons à la mettre au lit ici, tu resteras à côté d'elle jusqu'à ce qu'elle s'endorme. Autrement, nous nous ferons une raison, nous transporterons le lit par là et elle dormira dans ta chambre.

Et ce disant, elle remarque que Sandrina et Lauretta en seraient toutes contentes, d'abord parce qu'elles resteraient propriétaires de la jolie chambre mais surtout parce que depuis qu'elles sont ici, qu'elles ont pris l'air de petites filles sages bien habillées, elles aimeraient montrer qu'elles comprennent comment on se tient dans une maison distinguée, si loin de l'autre où elles sont nées et où elles ont grandi et elles craignent que cela ne leur soit impossible avec cette petite sœur qui au contraire et avec quel entêtement se montre si attachée à la vie qu'elles menaient avant. Un peu plus, il leur serait désagréable de voir leur père ici dans la jolie maison où elles respirent si à leur aise depuis trois jours, toutes seules, dans cette nouvelle vie, avec la « tante ».

À vrai dire, on a l'impression que le père, lui aussi, avec cet air bourru et sombre, ne pourra pas s'adapter et qu'il restera toujours en quelque sorte étranger, retenu par ces petits bras qui ne veulent pas le lâcher. En effet, tenez :

il n'ose même pas risquer un regard, ne sait que dire et, confus, embarrassé, il répète de sa grosse voix :

— C'est trop... trop...

Puis il demande la permission d'aller défaire ses valises dans sa chambre pour ranger ses effets, comme si brusquement la crainte lui venait que des tiers puissent s'en charger.

— Tante, demande alors Lauretta, pourquoi nous on est en noir pour la maman et papa non ?

Mme Lèuca qui n'a pas remarqué la teinte du complet de son mari, observe un instant la fillette et sur le moment ne sait que répondre ; non pas qu'il soit difficile de trouver une raison mais parce qu'elle pense qu'il n'est pas venu en noir par égard pour elle, pour ne pas lui mettre sous les yeux le deuil de cette femme. Elle en est peinée et reste pensive. Il doit pourtant l'avoir pleurée, cette femme ! Mme Lèuca garde gravées dans la mémoire les horribles choses qu'il lui a confessées l'autre jour, et comprend que s'il pouvait la haïr quand elle était encore de ce monde, à cause de l'esclavage des sens où elle le tenait, le chagrin d'en être affranchi le ronge maintenant, et qui sait ce qu'il donnerait pour la ravoir, comment et combien il l'a regrettée et la regrettera longtemps encore.

À moins que...

Mme Lèuca brise là les suppositions qui la troublent, l'agitent sans arrêt depuis trop de temps déjà.

Elle est certaine, absolument certaine que se produira ce qu'elle prévoyait en causant avec le vieux curé et l'avocat et en posant ses conditions au retour de son mari. Ce ne sera pas aujourd'hui, pas demain mais dès qu'il aura surmonté ce premier embarras, qu'il se sera familiarisé un peu, cela se produira à coup sûr.

Et son trouble et son agitation deviennent plus vifs au fur et à mesure qu'elle remarque en lui des façons, des attitudes, des expressions qui devraient pourtant la rassurer : cette humilité, cette sujétion et sa patience avec ses filles, son affection pour elles dont elle ne l'aurait jamais cru capable, à ce point-là du moins, tout ce qui en somme lui conseille d'user d'égards envers lui, étant donné sa condition d'hôte recueilli par charité, et qui éveille en elle une pitié beaucoup plus intense que celle à laquelle elle se sentait disposée, presque par devoir.

Pendant le souper, quelle impression ! À un certain moment, quand il parlait de l'avocat, le voir arquer un des sourcils puis le contracter vers le nez, ce qui fait naître un pli de volonté intelligente, comme il le faisait autrefois en discutant avec elle, les premières années de leur mariage ; reconnaître dans le visage si changé, grossièrement altéré par les vices, cette vieille marque d'intelligence qu'elle aimait !

Et quelle impression aussi en observant encore en lui les manières de l'homme distingué à table.

Embarras, uniquement quand elle le regardait (il baissait aussitôt les yeux, ou les tournait tout brouillés d'un autre côté) mais aucun embarras dans la façon de se tenir, de se servir : façons qui devaient être nouvelles pour les deux fillettes, car elles observaient leur père qu'elles ne reconnaissaient plus. Or, elle les reconnaissait, elle, puisque à sa grande surprise, c'étaient celles de jadis, innées en lui et parfaitement spontanées.

Le vin...

Mon Dieu, quelle peine ! Se voir chaque fois obligée de détourner les yeux fixés sur la bouteille malgré elle. Pourtant la bouteille restait là, intacte. Ces maudits yeux, ils rendaient vain son effort pour lui dissimuler que par l'avocat elle connaissait son vice de s'enivrer presque tous les soirs.

Certes, il devait souffrir de boire aussi peu, presque pas ; cependant, il ne le montrait pas.

Il est vrai que c'était la première fois qu'il s'asseyait à table avec elle au bout de tant d'années. Qui sait si par la suite, demain à déjeuner, demain soir à souper, il parviendrait encore à se retenir.

Et puis, après souper, cette bouche enlaidie, presque noire sous les moustaches noires un peu grisonnantes au milieu, quel beau sourire de tendresse paternelle il avait eu en lui montrant la petite endormie sur ses genoux ! Et il lui avait demandé à mi-voix s'il ne faudrait pas la déshabiller tout doucement avant de la mettre dans son petit lit, là où les deux aînées étaient déjà couchées.

Mais oui, bien sûr. Et elle s'était penchée presque jusqu'à lui toucher la poitrine de son épaule, à lui poser la tête sous sa bouche si bien qu'elle avait senti forcément sa respiration dans ses cheveux, elle avait été obligée plus d'une fois de le toucher vraiment pour déshabiller la petite sur ses genoux, mais le geste lui avait fait moins d'impression que l'idée d'avoir à le faire. Et quelle rage, en son for intérieur, lui causaient ses mains qui pouvaient lui montrer, lui laisser croire qu'elle ne se sentait pas complètement calme et sûre d'elle.

À la fin, après avoir couché la petite avec toutes les précautions requises, quand ils sortirent de la chambre sur la pointe des pieds, le moment le plus dangereux arriva : celui de se voir tous les deux seuls un instant, de nouveau ensemble, avant d'aller se coucher dans le silence et l'intimité de la maison.

Eh bien, il ne s'était rien passé du tout !

À peine la porte de la chambre des enfants fermée, il avait poussé un soupir de soulagement et à voix basse, en souriant, lui avait dit qu'il était sûr d'avoir la paix jusqu'au lendemain matin, car la petite ne se réveillait jamais la nuit, puis humblement mais posément, il lui avait dit bonne nuit et s'était retiré.

Depuis une heure, au lit, Mme Lèuca revient

sur ses impressions et elle éprouve un amer dépit d'elle-même, de son trouble qui lui paraît d'autant plus indigne qu'elle le compare à l'humilité de son mari, à son air honteux et mortifié, à lui qui n'a même pas osé la regarder et qui certainement, très certainement, n'imagine pas un instant pouvoir tenter de se rapprocher d'elle plus qu'elle ne pourrait le permettre.

À quoi s'attendait-elle donc, grand Dieu ? Et elle a fermé sa porte à clé, à peine entrée ! Un peu plus, elle sauterait du lit pour ôter ce verrou, tant elle est en colère d'avoir songé à se préserver dès le premier soir.

M. le curé l'a remarqué après la dernière réunion des dames patronnesses au presbytère puis en causant avec M. Ildebrando qui lui dit qu'il l'avait remarqué aussi, ce qu'ont remarqué de leur côté ses amies, Mme Mielli et Mme Marzorati, et, chose incroyable, même la brave demoiselle Trecke. Quelque chose qui... oui vraiment, qui les chagrine vraiment.

La ferveur de Mme Lèuca s'est singulièrement refroidie. Depuis deux mois environ elle ne vient plus aux réunions des dames patronnesses ; plus encore elle a manqué la messe plusieurs dimanches. Et un certain refroidissement à l'égard de ses amies apparaît aussi, de toute évidence, comme si elle les rendait un peu responsables des conditions rien moins que gaies qu'elle est obligée de subir, avec ces trois fillettes chez elle et cet homme, lequel, quoiqu'on le dise très respectueux avec elle, doit pourtant lui peser lourdement. Sans aucun doute, ces trois fillettes lui donnent beaucoup de travail mais s'il est vrai (et cela doit l'être) qu'elles ne savaient même pas faire leur signe de croix le premier soir, il faudrait d'autant plus les conduire régulièrement à la messe tous les dimanches ainsi qu'à la neuvaine en préparation de la fête de l'Immaculée Conception qui tombe le 8.

Mme Mielli remarque également que son amie, autrefois si soignée dans la mise, dans sa coiffure, semble vraiment négligée, mal coiffée sinon tout à fait décoiffée comme si elle n'avait plus le temps ou l'envie de se regarder dans la glace. Franchement, elle-même a quatre enfants et non trois, elle est seule à les élever, elle a toutes les attentions possibles pour eux, pour son mari, pour son intérieur, tout de même, le temps de se coiffer comme il faut, de bien s'habiller, en prenant ses aises, elle tient à le garder et quand on y tient on le trouve, allons, on le trouve ! Il est clair que Mme Léuca doit encore apprendre à gouverner les enfants. Eh ! quelle vie de coq en pâte elle menait auparavant ! mais il n'y a mérite qu'à condition de surmonter les difficultés et non quand tout est simple et facile, n'est-ce pas ?

Quel dommage, tout de même, qu'elle ait perdu la bonne si affectionnée qui était chez elle depuis si longtemps ! Pauvre Mme Léuca ! Mais c'est tout à fait naturel. Elle aurait dû en prendre une autre pour la soulager et s'aviser à temps qu'une seule ne pouvait pas suffire avec trois fillettes et un homme à la maison.

— Elle en avait une ! Elle en avait une ! dit Mlle Trecke. Cependant il semblerait qu'elle ait été obligée de la renvoyer en deux temps et trois mouvements parce que son mari... je ne sais...

— Quoi ? Quoi ? son mari ? demande Mme Marzorati en faisant un visage long d'une aune.

Mlle Trecke a son habituel sourire sur sa bouche édentée. Elle ne comprend pas bien de quoi Mme Léuca a pu s'apercevoir mais sa nièce s'est tellement mise à rire, oui tellement, en lui annonçant le renvoi de la bonne.

— Elle riait comme une folle, qui sait pourquoi ?

— Eh oui ! s'exclame Mme Mielli, les yeux perdus au loin... Il est certain que cet homme, maintenant...

— Mon Dieu, observe indignée Mme Marzorati. Si Mme Léuca (elle a raison la pauvre, moi, épouse, à sa place, je me jetterais plutôt par la fenêtre)... Vous me comprenez Mme Mielli. Pas chez moi en tout cas.

À ce moment, béate d'aise, comme si elle avait été au ciel avec les anges pendant que les deux dames échangeaient ces quelques mots accompagnés de nombreux clins d'œil, la souriante

Mlle Trecke laisse échapper que mais oui — en réalité — il sort tous les soirs, M. Léuca.

C'est tellement vrai, ajoute-t-elle, qu'il vient chez moi.

Mme Marzorati se tourne vers elle, la regarde, surprise et les sourcils froncés :

— Chez vous ? Comment ça ? Pour quoi faire ?

Et Mlle Trecke de répondre :

— Il vient voir ma nièce.

Quel mal peut-il y avoir dans ces visites de M. Léuca, puisque celui-ci s'est réconcilié avec Mme Léuca et que M. le curé a tellement favorisé cette réconciliation.

— Réconciliation ! réconciliation ! lance Mme Marzorati. Dites un peu, de quoi parlent-ils ?

Avec une rouerie assassine, Mlle Trecke baisse ses vieilles paupières cartilagineuses de guenon sur des yeux clairs d'innocente, et toujours souriante à sa façon, hoche la tête à plusieurs reprises :

— Ils parlent de l'Équateur, de la République de l'Équateur.

Mme Mielli elle-même, constamment si loin de tout, écarquille les yeux :

— De la République de l'Équateur ?

— Oui, répond Mlle Trecke. Une expédition de gros industriels vient de partir pour la République de l'Équateur. Il y a tout à faire, là-bas. Des ponts, des routes, des lignes de chemin de fer, l'éclairage, les écoles... Et ma nièce connaît quelqu'un qui fait partie de l'expédition. Elle dit qu'il y en aura une deuxième sous peu, plus nombreuse, comprenant des ouvriers, des paysans, des ingénieurs et avocats et des maîtres d'école. Et elle dit qu'elle voudrait y aller aussi en Équateur. Voilà : c'est de ça qu'ils parlent.

Mlle Trecke a un air si stupide en donnant cette nouvelle que Mme Marzorati et Mme Mielli, pour ne pas lui griffer la figure de colère préfèrent rester sur leur curiosité et changer de conversation.

Tout est fini.

Elle ne se plaint pas de ce qui s'est passé, Mme Léuca, ni de qui lui a infligé ce supplice. Elle se plaint d'elle et de ce qui s'est passé en elle, contre toute attente, alors qu'elle s'attendait que le mal lui vienne de l'extérieur, brusquement, de la part des autres.

Justement c'est parce que le mal prévu, redouté et attendu d'un moment à l'autre lui manque, qu'elle souffre cette torture.

Elle a la certitude de pouvoir encore s'affirmer, malgré l'indignation dont la comble sa chair misérable, que si un soir son mari, dans le silence de la maison, l'avait empoignée, elle n'aurait pas cédé; elle l'aurait repoussé, s'opposant ainsi à la duperie de sa conscience qui aurait essayé de l'enjoindre à considérer qu'en le repoussant elle donnait à cet homme le prétexte de retomber dans son affreuse vie d'avant. Elle soutient encore fermement que non, qu'elle ne se serait pas laissé dominer même en prévision de ce remords.

Bien, mais Mme Lèuca est certaine aussi que si cela s'était produit, ce supplice aurait été beaucoup moins cruel que celui qu'elle endure, du fait que cela ne s'est pas produit.

Car peu à peu, l'horreur de son corps à lui, au milieu des images indélébiles qui s'étaient dressées devant elle pendant la confession de ses turpitudes, était devenue horreur de son propre corps, lequel, chaque soir, devant la glace, dès qu'elle s'enfermait dans sa chambre (et sans tourner la clé dans la serrure !) lui demandait s'il était vraiment si peu désirable désormais au point de ne pas être regardé, fût-ce à la dérobée par un homme qui s'était contenté jusqu'alors d'une femelle aussi vulgaire.

Elle était encore jolie, elle le voyait bien dans les yeux des hommes qui, encore à présent, la pressaient souvent de s'en souvenir au moment où elle y pensait le moins. Ces cheveux devenus sitôt couleur de neige, avant même ses trente ans, rehaussaient la fraîcheur de son teint et paraient son sourire d'une grâce ambiguë, d'une sorte de mensonge inoffensif quand elle disait en les montrant :

— Je suis vieille, à présent.

Et son cou se dégageait encore souple et sans ride, d'un buste bien en chair et... Dieu, quelle misère que cet examen intime de tout le corps pour s'affirmer que oui, oui, elle était encore jolie, encore désirable, et que par conséquent elle pouvait prévoir avec certitude en causant avec le curé et Aricò que son mari la mettrait bientôt au pied du mur et se ferait jeter à la porte.

Alors, à cause de cette horreur de jour en jour grandissante de son propre corps au fur et à mesure que s'affirmait la certitude que son mari humble et contrit devant elle ne s'en souciait nullement, à bas toute tentation de se regarder dans la glace ! Elle ne se regardait même plus le matin pour se coiffer sans vouloir pour autant s'en avouer la raison, se jouant la comédie, se disant qu'elle était obligée de se peigner à la va-vite, parce que le temps lui manquait avec les deux grandes à préparer tous les matins, pour qu'elles arrivent à l'heure exacte à l'école.

Et quand elle avait découvert, dans sa chambre à lui, dans le tiroir de la table de nuit ouvert par hasard, la photographie de cette femelle sans son cadre en cuivre ! Avec quels yeux d'assoiffée s'était-elle jetée sur elle ! Quelle désillusion ! Provocante certes, mais laide, avec un regard de folle et d'une telle vulgarité, cette femme... Et elle qui l'imaginait jolie ! Mais n'était-il pas naturel, voyons, que ce fût ce genre de femmes qui lui plaise.

Pourtant cette Nella enjouée, on ne peut pas dire qu'elle soit vulgaire, eh bien, il est clair qu'elle plaît à son mari ! Elle est institutrice à l'école élémentaire de via Novara où vont Sandrina et Lauretta. Sandrina a été son élève il y a deux ans, à l'école au-delà de la Porta del Popolo où elle avait été nommée peu après avoir été diplômée. Quelle coïncidence ! Le jour de la rentrée, elle retrouve sa petite élève de là-bas, aussi tient-elle à la ramener à la maison après la classe en compagnie de son père, en la tenant par la main, le père d'un côté, elle de l'autre.

Maintenant que tout est fini, Mme Lèuca refuse même de se plaindre de cette perfide qui, par une aversion instinctive, s'est toujours montrée une ennemie.

Son mari, selon ce qu'il a constamment été, ce que l'on savait bien, n'avait certes pas besoin d'être séduit. Pourtant, cette fille se faisait un plaisir de venir l'aguicher sous ses yeux, chez elle, presque tous les jours, prenant comme alibi Sandrina, son élève d'autrefois et Lauretta sa nouvelle élève. Sous ses propres yeux, absolument certaine qu'une dame de sa condition ne s'en apercevrait pas et qu'au cas contraire, allons, elle concevrait au maximum un peu plus de mépris pour cet homme recueilli par pitié avec ses fillettes.

Et elle, d'abord, avait presque accepté ce défi si clair dans les regards et les sourires de la fille, et elle avait fait semblant de ne s'apercevoir de rien afin de n'avoir pas à reconnaître que son indignation devant une telle effronterie était provoquée par une obscure, une secrète jalousie naissante ; et quand finalement elle n'avait plus été capable de contenir cette indignation et avait fait entendre à cette effrontée qu'elle n'avait plus à venir chez elle, elle s'était interdit de prendre conscience du forfait qu'elle laissait accomplir en ne prévenant pas cette stupide Mlle Trecke de même que M. le curé, une fois encore pour n'avoir pas à reconnaître qu'elle était poussée par la jalousie.

Et maintenant, le scandale !

M. le curé, les dames patronnesses s'en prenaient à Mlle Trecke, à cette pauvre idiote qui a permis à ces deux individus de se voir chez elle tous les soirs, leur permettant ainsi de concerter leur fuite vers la République de l'Équateur.

Mlle Trecke pleure, pleure, inconsolable, non point sur le malheur qui la frappe mais bien sur son irrémédiable ignorance du mal qui lui attire de la part de M. le curé et de ses amies patronnesses une foule de reproches tous extrêmement justifiés, mais qui ne serviront pas, hélas ! à lui fourrer un peu de malice salutaire dans ces pauvres yeux infantiles destinés à rester (du fait de l'absence de cette nièce ingrate) constamment ainsi, rougis par les pleurs.

Enfin, par surcroît, Mme Lèuca se voit encore accusée d'avoir fait les choses à moitié, toujours — cela s'entend — du fait de son défaut à ne pas pouvoir surmonter ce côté chatouilleux de son caractère qui lui a interdit si souvent l'exercice plein et entier de la charité ; cette charité si difficile qu'elle est précisément allée chercher de son propre chef, cette fois. Mon Dieu, puisqu'elle s'était prêtée à reprendre son mari, ne pouvait-elle pas se forcer à surmonter son dégoût et se disposer à redevenir sa femme en tout et pour tout. C'était un calvaire, on le sait. Mais le mérite ne consiste-t-il pas justement à se résigner à l'accepter ?

Elle laisse dire, Mme Lèuca, elle laisse même croire que c'est de sa faute. Peu lui importent les mots, comme peu lui importent les faits. La plaie est dans sa pensée. Que ces mots et ces faits tombent sur sa plaie comme autant de gouttes de citron, ce n'est pas un mal, car maintenant plus sa plaie est cuisante, mieux ça vaut.

Et elle a accueilli avec une complaisance souriante les félicitations que Me Aricò a cru bon de venir lui présenter entre quatre yeux, mais oui, d'être débarrassée après tout, quoi qu'en dise M. le curé, de ce gros bestiau qui encombrait son appartement.

N'avait-elle pas dit que seul son retour lui serait désagréable car pour le reste, si les petites filles venaient, elle en serait ravie !

Eh bien, on en était là : il s'en était allé (et par-dessus le marché non pas chassé par elle) et les petites filles lui restaient.

Que voulait-on de plus ?

Eh oui, plus que cela...

Mme Lèuca peut-elle avouer à ce minuscule

Me Aricò que tout à coup, dès qu'elle a appris sa fuite, le vif plaisir d'avoir les petites a disparu comme par enchantement, et qu'elle a senti sur ses épaules le fardeau énorme de ces trois enfants qui n'étaient pas à elle et qui redevenaient sur-le-champ étrangères à elle d'abord, à son chez-elle ensuite.

Elle ne se l'avoue même pas, Mme Lèuca, et elle fait preuve de plus de prévenances et d'affection que jamais envers ces trois orphelines abandonnées, afin qu'elles n'aient pas le moins du monde à s'apercevoir du changement survenu dans son état d'âme, les deux aînées surtout. Non point qu'elle craigne que Sandrina et Lauretta soient en mesure de s'en apercevoir plus que la petite mais parce que pour la petite non, pour cette pelote de chair sauvage, Mme Lèuca sent bien que son état d'âme a changé ou plutôt qu'il commence à changer mais en direction opposée, et elle en voit la raison encore qu'elle souhaiterait ne pas en prendre conscience.

— Tu m'aimes ?

— Vi...

Et Rosina lui dit ce « vi » à califourchon sur ses jambes ; ses petites griffes crochues pour l'attraper par le cou, le bout du petit nez froncé, en esquissant une jolie moue de ses lèvres, boutons de roses.

— Mais non, tu es vilaine comme ça !

— C'est toi la vilaine...

Au prix d'égratignures et de coups de pied et même de crachats en pleine figure, elle est parvenue non pas encore à entrer dans ses grâces mais à obtenir au moins qu'elle se laisse prendre dans les bras et qu'on s'occupe d'elle.

Les deux autres observent, un peu jalouses. Elles ne mériteraient pas, pensent-elles, qu'en leur présence elle fasse parade de tout cet amour pour Rosina qui est vraiment méchante, tandis qu'elles ont toujours été sages, si sages, elles.

Seule, Sandrina, mais pour le compte de sa sœur aussi de toute évidence, a demandé une fois :

— Et papa ?

Elles doivent avoir compris quelque chose comme ça, en l'air, soit dans les phrases du curé quand il est venu, sens dessus dessous annoncer la fuite, soit dans la scène de larmes que Mlle Trecke est venue faire le lendemain, pour supplier qu'on lui pardonne la faute de sa nièce ; ou encore à l'école.

Mais à la réponse de Mme Lèuca, elles se sont apaisées.

— Papa est parti. Il reviendra...

Reviendra ? Elle est sûre que non, Mme Lèuca. Du reste, si un jour ou l'autre, il avait à revenir, que lui importerait ?

Tout est fini.

Elle reste seule avec cet esprit si douloureusement attentif à soi et à tout sous le masque candide de la sérénité, déchirée par une épreuve que personne n'a soupçonnée, avec ces trois fillettes qui ne sont pas à elle, qu'elle aura à soigner, à élever ; avec ce cœur en peine, une peine qui ne passe pas, non pas seulement en ce qui la concerne car elle souffre peut-être moins que tant d'autres, mais en ce qui concerne toutes les choses et toutes les créatures de la terre, telles qu'elle les voit dans l'angoisse infinie de son sentiment tissé d'amour et de pitié, cette peine, cette peine qui ne passe pas, même si une joie ou l'autre la soulage de loin en loin, même si un peu de paix lui apporte un léger réconfort et l'encourage ; ce cœur en peine toute la vie.

Composition Bussière
et impression Novoprint
à Barcelone, le 3 septembre 2004
Premier dépôt légal dans la collection: décembre 2002
Dépôt légal: septembre 2004
ISBN 2-07-042678-5. /Imprimé en Espagne.

131861